中国古代寓言

魏金枝 编
程十髪 绘

少年儿童出版社

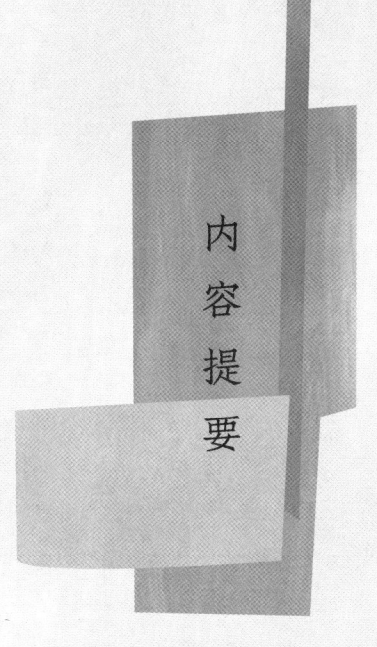

内容提要

我国古代有很多寓言，这些寓言都有一定的教育意义，就像一面镜子，能照出我们的错误，同时也能教给我们许多智慧。本书是从中华优秀传统典籍《晏子春秋》《列子》《庄子》《韩非子》等书中选出适合小朋友们阅读的寓言，并用现代汉语改写而成。希望其中的智慧和道理，能够给小读者们以启示。

目录

景公求雨	1
自满的马夫	2
社稷坛里的老鼠	4
自讨没趣（一）	4
自讨没趣（二）	5
染丝	7
说话要说得有用处	7
存心怎样	8
愚公移山	9
疑人偷斧	11
根本没有看见一个人	13
杨布打狗	14
丢在路旁的契据	15
纪昌学箭	15
献鸠	17
岔路	18
薛谭	20
海鸥	21
养鸟	23
没有用处的本领	24
井蛙与海鳖	24
可大可小	26
正好学了别人的缺点	27
干车沟里的鲫鱼	27
都走失了羊群	30
朝三暮四	31
鹓（yuān）鸰	32
钓鱼	33
叶公好龙	35
偷鸡的人	36
学棋	37
五十步笑百步	38
揠苗助长	39
疑心生暗鬼	40
鼯（wú）鼠	41
买椟还珠	41
画什么东西最难	43
只相信自己的儿子	44
从小事推想到大事	45
曾子不撒谎	46
南郭先生	47
远水不救近火	49
守株待兔	50
鳝鱼和蚕	50
种杨树和拔杨树	51

把石子当宝贝	52
自相矛盾	53
献玉	54
和氏之璧	54
打鼓	56
愚人买鞋	57
眼睛看不见睫毛	59
扁鹊治病	60
酒店里的恶狗	62
不合时宜	63
买甲鱼的人	64
弓和箭	65
唇亡齿寒	66
刻舟求剑	67
大公无私	68
可笑的成见	71
摇摆不定	72
狐假虎威	73
谣言的害处	74
自知之明	75
南辕北辙	76
鹬（yù）蚌相争	77
不敢上门	78
不失约	79
死的千里马	80
淳于髡（kūn）荐贤	81
画蛇添足	82
两败俱伤	83
田单攻狄	85
借光	87
何必懊悔	88
天涯海角都去得	90
掩耳盗铃	91
小本领也有用处	93
死里求生	94
两头蛇	95
聪明的优孟	96
软毛	97
中天台	98
不说别人过失的人	100
猫头鹰搬家	101
丑恶有什么可爱呢	103
各有各的本领	104
比喻	104
喝彩	106
重鸟轻人	108
好学的三个比喻	109
骄傲自满	110
毛是附在皮上的	111
谁该坐上座	113
碰机会	115
白头猪	116
杯弓蛇影	116
煮豆诗	117
性急的人	118

酒鬼的理由	119
神鱼	120
鸿雁还是鸿雁	121
折箭	121
徒手搏虎	122
要钱不要命	123
贵州的驴子	124
用骗术的猎人	125
糊涂的小鹿	126
单靠医生治不了病	128
自鸣得意的老鼠	128
鸩（zhèn）鸟和毒蛇	129
把兔子当作野猫的同类	130
怕后生们笑我	131
真货不如假货	132
"只是手法熟练罢了！"	133
另开一个大池子	134
仙鹤生蛋	135
修剪眉毛	137
吃肉吃昏了头脑	139
相差不多	140
把鸭子当作老鹰	141
瞎子问太阳	143
盲目崇拜	145
丑人不识丑	146

米从哪里来	147
囫囵吞枣	148
对老虎发命令	149
打你就是爱你	149
大善士	151
清白和龌龊	152
奉承	153
亲戚朋友	154
吹牛	155
阉羊	158
屠狗	159
医驼背	160
忌讳	161
做梦	161
不认输	163
冒充内行	164
与我无关	165
发誓	167
天气不正	168
别字先生	168
过手便酸	170
石敢当	172
兄弟合买靴	173
反怪别人	174
笑的一定不错	175
东坡肉	175
古琴	176
矮凳	176
翠鸟	178
猩猩	179

墨鱼	180		
千手观音	181		
小字大字	181		
看守杨柳	182		
满意	183		
跌倒	183	刻凤凰	212
防盗妙法	184	路边打井	213
半斤对八两	184	对牛弹琴	214
我不见了	185	两双眼睛	215
蝙蝠	187	蒙虎皮的羊	215
高帽子	188	一点不假	216
近视眼	189	啰唆	217
一举两得	190	铁杵磨针	218
惊弓之鸟	190		
不死的药	191		
知心	193		
愚蠢的老虎	194		
恶狗	195		
认人不认货	196		
自负的鹦(yàn)雀	198		

混沌开窍	199
取蝉的老人	200
只会攀援的猴子	201
奇怪的鸟	202
为什么赶不上	203
贪心的国王	204
市虎	206
"高举明烛"	207
到底该怨谁	208
九方皋(gāo)相马	210

景公求雨

有一年,齐国好久没有下雨,发生了旱灾。

齐国的国王景公,想去祭祀山神求雨。宰相晏子说:"不必去,求山神没有用处。山上的石头譬如山的筋骨,泥土譬如山的肌肉,草木譬如山的毛发。长久不下雨,山神的毛发也枯死了,肌肉也晒焦了,山神难道不急着要雨吗?倘若它能够使天下雨,雨早已下了。"

景公说:"不求山神也罢,那么我去求河伯行吗?"

晏子说:"不行,水是河伯的国土,鱼鳖是它的百姓。天长久不下雨,河里的水干了,等于河伯的国土丧失了;它的百姓——鱼呀,鳖呀,也统统要干死了。倘若河伯能够叫天下雨,雨早就下了。求它有什么用呢?"

景公听了晏子的一番话,便不再去向神求雨了。

《晏子春秋》

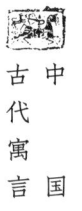

自满的马夫

晏子做齐国宰相的时候,有一天,坐着马车出门去。马车正好从马夫的家门前经过。马夫的妻子,从门缝里看见她的丈夫,得意洋洋地坐在车上的大伞下,趾高气扬地挥着鞭子,很是自满。

马夫回到家里,他的妻子就要和他离婚。这个晴天霹雳,真叫马夫摸不着头脑,就问:"你到底为什么要跟我离婚呢?"

她说:"晏子做了齐国的宰相,在各国都有名望。今天我看见他,低头坐在车子上,他的态度是那么谦虚。但是你呢,你只是他的马夫,你却得意洋洋,神气活现,自以为了不起。所以我不愿再跟你一同生活了。"

从此以后,那马夫就改变了态度,变得很谦虚了。

晏子看见他的态度和以前大不相同,就奇怪起来,问他是什么缘故。他把事情的经过告诉了晏子。

晏子觉得他能够这样很快地改变态度,是很好的,后来就推荐他做了大夫。

《晏子春秋》

社稷坛里的老鼠

管仲对齐王桓公说：

"大王，你见过祭神的社稷坛么？老鼠是最喜欢在社稷坛里做窝的。为什么呢？因为那里面排了木栅，外面又筑了墙。人们虽然明知老鼠在其中做窝，但用火去熏，就怕烧了木栅；用水去灌，又怕灌坏了墙。人们既然不敢去碰木栅和墙，老鼠就可以安安稳稳地住在那里了。所以，社稷坛里的老鼠是最可怕的。"

《晏子春秋》

自讨没趣（一）

齐国的晏子，出使到楚国去。楚王听说晏子来了，有意要当着晏子的面，侮辱齐国。

一天，楚王安排了酒席，招待晏子。正当他们吃得很高兴的时候,有两个小官,绑着一个犯人来见楚王。

楚王故意问道:"这人犯了什么罪?"小官回答说:"他是一个强盗!是齐国人。"

楚王听了,回头对晏子说:"齐国的百姓,原来是惯做强盗的!"

晏子站起来,回答楚王说:

"大王,我听说过:'生长在淮南的橘树,假使移植到淮北去,就会变成枳树。'从外表上看,橘和枳的叶子是一样的,但果子的味道却完全不同。我们齐国的老百姓从来不做强盗,一到了楚国,便做起强盗来;我看,一定是和楚国的水土有关系。"

楚王哑口无言。

《晏子春秋》

自讨没趣(二)

齐国派晏子出使楚国。楚王存心要侮辱晏子。他知

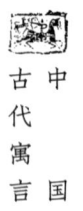

道晏子身材很矮小，就特地在大门旁边，另外开了一个小门。当晏子去拜见楚王的时候，门口的侍卫叫晏子从小门进去，不让他走大门。晏子不肯走小门，并且对他们说：

"出使到狗国的人，才从狗洞中进去。今天，我是出使到楚国来的，不应该从这小门里进去。"那些侍卫听了，就只好让他从大门进去了。

晏子见了楚王。楚王说："齐国难道没有人了吗？"

晏子接着说："在齐国的首都临淄，居民就有七八千户。街上的人群肩并肩，数也数不清。只要他们挥挥袖子，就能把太阳也遮了；甩甩汗水，就会像下雨一般，怎么说我们齐国没有人？"

楚王说："既然有这么多的人，为什么要派你这样的人来当大使？"

晏子说："我们齐国派遣大使，有一个原则——对方是怎样一个国家，就派怎样的人去。有好国王的国家，就派好人去；如果对方的国王是个没有才干的，我们就派没有才干的人去。我是最不中用的人，所以才派到楚国来的！"

《晏子春秋》

染　丝

有一次，墨子有事到染坊里去，看见染色工人在染各种颜色的丝。他看了一阵，叹息说："丝原来是白的，但是，把它投进青色的染缸里，就变成青的了；把它投进黄色的染缸里，就变成黄的了。"

其实，无论做什么事，都得谨慎小心。倘若一鲁莽，便会像把丝投错了染缸一样，要想改变颜色，也很困难了。

《墨子》

说话要说得有用处

子禽问他的老师墨子：

"老师，多说话到底有没有好处？"

墨子回答说：

"话要是说得太多，还有什么好处！比如池塘里的青蛙，

整日整夜地叫着，弄得舌干口燥，却从来也没有人去注意它。但是，鸡棚里的雄鸡，只在天亮时啼两三次，大家知道鸡啼就要天亮，都很留意。所以，说话要说得有用处。"

《墨子》

存心怎样

有一次，巫马子问墨子说：

"你主张'兼爱'，世上的人也不曾得到你什么好处；我不讲'兼爱'，世上的人也不曾受到我什么害处。你们只是嘴上说说罢了，事实上没有发生一点效力。这样，也不见得你好在哪里，我又不好在哪里。"

墨子说："譬如有一幢房子被火烧了，某甲打算取水去救火；某乙却打算拿些引火的东西去帮助火势蔓延。他们两人的想法，虽然还在头脑里，还没有做出来，可是你倒说说看，这两个人哪个对，哪个不对？"

巫马子道："当然是甲对，乙不对啊！"

墨子道:"我们的事,和这甲、乙两人有什么两样呢?"

《墨子》

愚公移山

太行山和王屋山,是两座大山。从地面到山顶,有一万来丈高;绕着山走一圈,就有七百里。

山的北面,住着一位叫作愚公的老汉。

愚公快九十岁了。他家的大门,朝着这两座大山,出门做事要兜圈子,走很多弯路,进出十分不便。这可叫他恨透了。

有一天,他召集了全家老小,对他们说:

"这两座大山,堵住了我们的出路,来往不便。我们要大家出力,搬掉它,开出一条直通豫州的大路,以后我们出门去,也省得转弯抹角地兜圈子了!"

大家都很赞成。只有他的妻子,心中有些疙瘩。

她说:"看你们有多大本领!我看你们这点人,怕连

一个小土堆也平不了,别说这么又高又大的两座山!我再问问你们,挖出来的那些石头、泥土往哪里送呢?"

大家都说:"挖出来的石头、泥块,把它搬到渤海滩去不好吗?再多些,也不愁没有地方堆呀!"

第二天,愚公就带了全家人,动手开山了。

他的邻居是个寡妇,她有一个才七八岁的儿子,也来帮忙。

他们工作得很起劲:长年地挖泥土、打石块,还得把石头、土块送到渤海去;在路上来来往往的,一年四季很少回家。

黄河边上,也住着一个老汉,这人很精明,人们管他叫智叟。他见愚公他们那样辛辛苦苦地挖泥土、打石块,觉得好笑,便去劝告愚公说:

"你这人为什么这么傻!这么大的岁数了,离死不远了!用尽你的气力,也拔不了山上的几根草,怎么搬得了那么多的泥土、石块!"

愚公深深地叹了口气,回答说:

"我看你真是糊涂透顶了,你连那寡妇家的小孩子也不如哩!不错,我是老了,我活不了几年了。可是,我死了还有儿子,儿子又生孙子,孙子又生儿子;子子孙孙,一直传下去，便可以无穷无尽。可是这两座山呢，再也不会长出一粒泥、一块石头来，我们为什么平不了它！"

听了这话，那个自以为聪明的智叟，却想不出话来回答了。

《列子》

疑人偷斧

有个乡下人，丢失了一柄斧头。他以为是隔壁人家的儿子偷的。于是，他常常注意那人的行动。觉得那人走路的样子、说话的声音，都和平常人不同。总之，那人的一举一动，都很像一个偷东西的人。

后来，他自己把那柄丢失的斧头，找回来了。原来是他上山砍柴时，自己掉在山谷里的。

第二天，他又碰见隔壁人家的儿子，再留心那人走路的样子，说话的声音，就都不像一个偷东西的人了。

《列子》

根本没有看见一个人

有个齐国人，日日夜夜地转念头，希望得到一块金子。可是，除了金子店，到哪里去弄到金子呢？有一天，他起个大早，急忙穿好衣服，就赶到集市上的金子店里去。

在金子店里，果然看见许多黄澄澄的金子。他越看越眼红，越想得到金子，便随手抢了一块，拔腿就跑。跑不多远，就给别人捉住了。

捉他的人说：

"你这个人好大胆！光天化日之下，敢在这么多人的眼前，动手抢人家的金子！你也不睁开眼睛看看！"

抢金子的人回答说：

"在我眼里，只看见黄澄澄的一块块的金子，根本就不曾看见一个人。"

《列子》

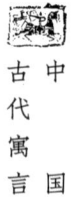

杨布打狗

　　杨朱的弟弟杨布,有一天,穿了一套白衣服出门去。回来时,因为天落雨,那套白衣服给雨淋湿了,就在朋友处借穿了一套衣服,而这套衣服却是黑色的。于是,穿着一身白衣服出门的杨布,现在穿着一身黑衣服回家来了。

　　他家那只看门的狗,认不得杨布了。看到他跨进门来,以为他是陌生人,就汪汪地追着他狂叫。

　　这时,杨布发怒了:"畜生,为什么不认得我了!"他一面说,一面拿了一条棒,要去打狗。

　　杨朱看见了,就跑来和杨布说:

　　"快不要打狗了,你且平心静气地想一想。假使你的狗出去的时候,是一条白的,回来时,变成了一条黑狗,你是不是就能一眼认出来呢?"

《列子》

丢在路旁的契据

有个宋国人，一天，他上街去，发现一张作废的丢在路旁的契据。

他就拾了起来，急急忙忙地跑回家去。他偷偷地摊开一看，契据上写的原来是大批财物的项目。他高兴极了，一项项地数着点着……

他仔细地看了又看，数了又数以后，就把那张契据小心地锁在箱子里。

于是，他就向他的邻居们夸口说：

"啊哈，我很快就要变成财主了，我发大财了！"

《列子》

纪昌学箭

飞卫射得一手好箭，纪昌就跑去请教他，想跟他学。

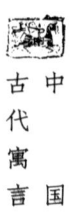

飞卫对他说:"你要学射箭,先要下功夫练好眼力。要牢牢地盯住一个目标,不能眨眼!"

纪昌回家之后,就开始练习起来。当他的妻子织布的时候,他就躺在织布机底下,睁大眼睛,注视着来来去去的梭子。

这样过了两年。纪昌的功夫学得相当到家了——就是有人用针刺他的眼皮,他还是圆圆地睁着眼,一眨也不眨。

纪昌对自己的成绩很满意,以为学得差不多了。一天,他再去看飞卫,把练习的经过和成绩告诉他。飞卫听了,又说:

"你还要回去多多练习眼力,要做到能把极小的东西,看成一件老大的东西;等到那时候,你再来见我。"

纪昌记住师父的话,回到家里,又开始练习起来。他用一根长头发,缚了一只虱子,吊在窗口,每天站在那里,一心一意地注视着那只虱子。

练到后来,那只缚在头发上的小虱子,在他的眼光里,一天天大起来了,大得像车轮一般。

纪昌再跑去见飞卫,把练习的经过告诉他。飞卫听了,很高兴地拍拍他的肩头说:

"你已经成功了!"

于是,飞卫再教他怎样拉弓,怎样放箭。

后来,纪昌就成为了百发百中的能手。

《列子》

献　鸠

邯郸地方的百姓,有一种风俗:碰到元旦,都要捉一批斑鸠去送给国王,让国王放生,而送斑鸠给国王的人,都会得到国王的赏赐。

有人问国王说:

"你要了这些斑鸠来'放生',有什么意义呢?"

国王说:

"碰到大喜日放放生,表示表示我的恩典呀!"

那人告诉他说:

"老百姓听到你要捉斑鸠放生,大家都争着去捉斑鸠了。于是活捉来的不少,打死了的也很多。你要'放生',

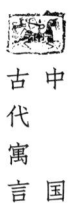

倒不如禁止老百姓捉斑鸠,那才救得斑鸠的性命。否则,捉了来,又放它去,反而弄死了许多斑鸠。你的恩典,实在补偿不了你对斑鸠所造成的损害!"

《列子》

岔　路

有一天,杨子的一家邻居跑掉了一只羊。

邻居已经发动了所有的亲戚去追寻,又去请杨子家的童仆来帮忙找羊。

杨子知道了这回事,奇怪地问:

"咦,只跑掉一只羊,为什么要这么多的人去追寻?"

邻居回答说:

"岔路太多了,所以追的人也就该多一些!"

等了一会儿,找羊的人都回来了。

杨子问他的邻居:

"你家的羊,找到了吗?"

邻居沮丧地摇摇头，说：

"不见了，跑掉了。"

杨子又问：

"怎么会让它跑掉的呢？"

邻居回答说：

"岔路太多，每条岔路上又有岔路；不知道它到底跑到哪一条路上去了。找羊的人没办法，只好回来了！"

为了这事，杨子受了很大的刺激，沉默了好久，整天也不露笑容。他的学生便问他：

"走失了一只羊，也不是什么大事，而且羊也不是你的，为什么这么闷闷不乐呢？"

杨子说：

"不是为了这个，我是因为联想到我们的求学。假使我们求学的人，也是东抓一把，西抓一把，不肯专心一致，也会像在岔路上寻羊一样，结果就要一无所得！"

《列子》

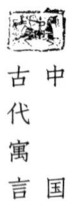

薛　谭

　　秦青是秦国著名的歌唱家。有个叫薛谭的,他跟秦青学了一段时间,并没有学会多少,却认为已把老师的本领,统统学会了。

　　他打算离开老师回去了。老师知道他要走,也没有挽留他。

　　薛谭动身回家那天,秦青送他出城,在郊外举行了一个野餐会。后来,秦青坐在青草地上,弹着琴,唱了一曲歌,给他送行。

　　那高亢的歌声,震动了树林,甚至冲上了云霄,连云都停住不动了。

　　薛谭听了,才明白自己并没有学完老师的本领;和老师一比,真是相差太远了。

　　薛谭就回心转意,打消了回家的念头,和秦青一同回去了。

《列子》

海 鸥

靠近海边的一个村子里，有一个喜爱海鸥的人。他每天摇着小船，在海面上寻找海鸥。看海鸥停在哪里，他的船就摇到哪里，去跟海鸥们一同游玩。日子一长，那些海鸥都和他混得熟了，不但不怕他，还成群结队地飞到他的船边来，在小船的四周飞来飞去，每次都有几百只。

有一天，他又出门到海上去。他的父亲吩咐他说：

"听说你天天和海鸥一起游玩，那些海鸥都和你混熟了，一点不怕你。你今天出去，捉一只回来给我。"

他回答父亲说：

"这还不是一件很容易的事吗！"

他就摇着小船到海面上去了。

可是，那些海鸥一见他有些不怀好意，只是在他的头顶回旋飞舞，再也不肯停落在他的船边了。

《列子》

养 鸟

鲁国的城外停着一只海鸟。谁都没有见过这种鸟,便认为它是神鸟。鲁王叫人设法把它捉了来,当作贵宾,供养在庙堂里。

鲁王每天叫人吹箫打鼓给它听;安排了最阔绰的筵席请它吃。鲁王这一番好意,却把海鸟吓坏了。它越来越害怕,整天惊惶失措,一块肉也不敢吃,一滴水也不敢喝。这样过了三天,那只海鸟便死了。

鲁王对这只鸟,可以说够好了。可是,他却是用供养自己的办法,来供养海鸟,并不是用喂养海鸟的办法,来喂养海鸟,所以海鸟便被他摆弄死了。

《庄子》

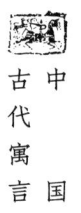

没有用处的本领

有一个名叫朱泙漫的人,到支离益那里去学怎样杀龙。朱泙漫花了三年工夫,又花了一大笔钱——几乎把他的家产都花完了,才学会了一套杀龙的本领。

可是,龙是少有的,因此朱泙漫那么辛辛苦苦学来的本领,还是没有丝毫用处。

《庄子》

井蛙与海鳖

废井里住着一只青蛙。有一天,青蛙在井边碰上了一只从海里来的大鳖。

青蛙就对海鳖夸口说:

"你看,我住在这里多快乐!高兴了,就在井栏边跳跃一阵;疲倦了,就回到井里,睡在砖洞边休息一会儿。

或者只露出头和嘴巴，安安静静地把身子泡在水里；或者在软绵绵的泥地里散一会儿步，也很舒适。那些螃蟹和蝌蚪，谁也比不上我。而且，我是这个井里唯一的主人，在这里十分自由自在。请到井里来游览游览吧！"

那海鳖听了青蛙的话，倒真想进去看看。但它左脚还没有整个伸进去，右脚就已经被井栏绊住了。它连忙后退了两步，才站住脚，然后把大海的情形告诉青蛙说：

"你见过海吗？海的广大，哪止千万里；海的深度，哪止千来丈。古时候，十年有九年大水，海里的水，并没有涨多少；后来，八年里有七年大旱，海里的水，也不见得少了多少。可见大海是不受旱涝影响的。住在那样的大海里，才是真的快乐呢！"

井蛙听了海鳖的话，吃惊地呆在那里，再没有话可说了。

《庄子》

可大可小

有个宋国人，制成了一种使手不会皲裂的药。这种药的功效很好：那些洗衣浣纱的人，要是在寒冷的冬天，把药搽在手上，皮肤就不会皲裂。

有人听到了这个消息，便赶到这卖药人的家里去，想买那个药方。对他说：

"我愿出一百两银子，买你的药方，你愿意吗？"

卖药的一家子，商量了一下，认为以前每次卖药，不过得到几文钱。今天一次能卖到一百两银子，很合算，就很快地答应了。

那个人得了这张药方，就拿去献给了吴王。后来吴王派军攻打越国，那时正是冬天，又在水上作战，士兵们涂上了那药，手脚一点也没皲裂，因此就打了胜仗。这人就得了封赏。

同样一种药，用在小处，不过治治皮肤病；用在大处，那就有关国家大事了。

《庄子》

正好学了别人的缺点

西施是一个著名的美人。有一次,她生了心痛病,因此,常把双手捂着胸口,整天愁眉蹙额的。可是邻居们还是说她很美丽。

同村有个丑女,她以为西施之所以美丽,都是由于她的愁眉蹙额。于是她也学着西施的样子,一见到邻居,就故意地愁眉蹙额。

村上人见了她这副怪相,便都远远地避开她。

《庄子》

干车沟里的鲫鱼

庄子家里很穷,到监河侯那里去借粮食。监河侯说:

"好的!不过,且等我收得租税之后,再借你三百两银子,好吗?"

庄子很气愤，就打了下面这么一个比喻：

"昨天，我在路上走，看见一条鲫鱼，躺在路上的干车沟里。

"鲫鱼看见了我，就吆喊了：

"'老公公，我本来是从东海来的，今天不幸落在这个干车沟里，很快就要干死了，请给我一桶水，救救我吧！'

"我就点头答应了，我说：

"'好，我正要到南方去看几位国王，那里是水乡，水很多，我一定放西江的水来救你。'

"鲫鱼忿忿地说：

"'这怎么行呢？现在只要给我一桶水，就能活命。如果等你放西江的水来，那时，在这里怕早已没有我了，只好到咸鱼摊上找我了。'"

《庄子》

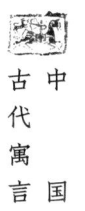
中国古代寓言

都走失了羊群

有两个放羊的孩子，一个叫谷，一个叫臧。

有一天，他俩一同出去放羊，可是两人的羊都走失了。

回家时，主人问臧说："你的羊呢？"

臧说："我带了一本书在身边，只管看书，一不当心，羊就不见了。"

主人再问谷：

"你呢？你怎么也让羊走失了？"

谷回答说：

"我和同伴下棋，一不小心，羊也走失了。"

这两个孩子，一个看书，一个下棋，他俩做的事，虽然不一样，可是，同样因为不留心自己应该做的事情，都走失了他们的羊群。

《庄子》

朝三暮四

有个养猴子的，养了一大群猴子。

日子长久了，他懂得了猴子们的性情；猴子们也懂得了主人的话。因此，他更爱猴子了，宁愿省下家人每天吃的粮食，去喂养猴子。

后来，家里吃的口粮真的不够了，他想把喂猴子的食粮减少些。但怕猴子不听话，就故意对猴子说：

"我每天早上给你们三颗栗子，晚上四颗，够吃了吗？"

猴子们都嫌主人给得太少了，咧嘴露牙地表示不满。

隔了一会儿，主人又骗猴子们说：

"早上给三颗，晚上给四颗，你们既然嫌少，那么，改为早上给四颗，晚上给三颗。这样，总该满意了吧！"

猴子们听了这番花言巧语，以为真的增加了，就表示十分满意。

《庄子》

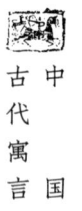

鹓(yuān) 鶵

惠子在梁国做宰相。他的老朋友庄子到梁国去看他。有人告诉惠子说:"庄子这次到梁国来,是想夺你的官位,你要留心!"惠子信以为真,便命令京城的守卫人员,搜查庄子的踪迹,预备将他驱逐出境。但是搜查了三天,还是没有查到。

庄子本来并不想做官,听说了惠子怕自己去夺他的官位,心里觉得好笑,故意跑去见惠子,说:"我这次到梁国来,路上看见了一件好笑的事情,你想听听吗?"

惠子说:"你且说说看!"

庄子说:"南方有种鸟,叫作鹓鶵。它们喜欢长途旅行,从南方飞到北方去。可是这种鸟,有一种爱好清洁的习惯,要在梧桐树上歇脚,要喝清洁的泉水,要吃不腐烂的果实。不是这样,它们就宁愿忍饥耐渴,不分昼夜,一直向前飞行。有只猫头鹰,正好弄到了一只腐烂的死老鼠,蹲在荆棘丛上,直撕横扯,吃得津津有味。抬眼一看,看见一群鹓鶵,从高空上昂头飞过,猫头鹰以为它们要来抢它嘴边的死老鼠了,便大喝一声:'吓!你们竟敢来抢我的!'你看,可笑不可笑呢?"

《庄子》

钓　鱼

宓子贱到单父去做县官以前,去访问了阳昼。宓子贱对阳昼说:"我就要到单父去做县官了,请你给我几句忠告,教导教导我。"

阳昼说:"我是贫贱出身的人,对于怎样治理百姓的事,可以说完全不懂。现在就谈点钓鱼的小道理,算作我给你送行时的赠言。"

子贱说:"那么请说吧!"

阳昼说:"有一种名叫'阳桥'的鱼,我们的钓线一放下去,就会成群地赶来吞食;可是这种鱼的肉很单薄,味道也不好。另外有一种叫鲂鱼的,即使看见了我们的鱼饵,也当不曾看见似的,并不马上赶来吞吃,只是表现出一种想吃又不想吃的样子;这种鱼很难钓,可是肉很厚

实,味道也鲜美。"

子贱满口称赞道:"说得好呀!说得好!"

之后,他就到单父去上任了。还没有到达单父城,坐着车马赶到半路上来迎接的人已经很多。

子贱看见了说:"这些人,就是阳昼所说的那种'阳桥'鱼了!"就立刻吩咐他的车夫说,"快走,快走,快把车子赶过去!"

子贱车也不停地到了单父县。却亲自去请教单父县公正的父老们,很尊重他们,听取了他们的意见。

《宓子》

叶公好龙

叶公是个出名的喜欢龙的人,他住的屋子里,墙上画着龙,柱子上也雕着龙。一句话,到处都是龙。

天上的真龙,听说叶公这般喜欢龙,就飞到叶公家里去。把头伸进南窗,把尾巴绕到北窗。

叶公见到了龙，却吓得浑身发抖，急忙躲了起来。

这样看来，叶公所喜欢的是那些画在墙上、雕在柱子上的假龙，不是真的龙。

《申子》

偷鸡的人

有这样一个人，他惯常偷邻家的鸡，而且每天要偷一只。

人们告诉他说："偷窃是不应该的，快快歇手吧，不能再干这种勾当了！"

那个偷鸡的人回答说：

"是哇！我也知道偷窃是不应该的，不过我偷惯了，怕一时改不过来；以后，我少偷几只吧。以前每天偷一只，从今天起，改作每个月偷一只吧！到了明年，就完完全全戒掉。你说好吗？"

既然知道这事是不应该做的，就应该立刻改过，越快越好，为什么还要等到明年呢！

《孟子》

学 棋

有个名字叫作秋的下棋高手，他的本领是全国独一无二的。

有两个学生一起跟他学棋，其中的一个，总是集中精神，一心一意地跟他学。另外那个呢，虽然也同样坐在那里听讲，眼睛也看着棋子，可是他对猎鸟更有兴趣，所以老是记挂着在天空飞翔的鸿雁，有时甚至还隐隐约约地听到鸿雁的叫声，因而他常想拿了弓箭去射鸿雁。

结果，一个学生很快便学好了；另一个学了很久，还是什么也没有学会。这难道是那个学会的学生比那没有学会的聪明些吗？

当然，原因不在这里！

《孟子》

五十步笑百步

梁惠王很喜欢和别国打仗。有一天,他问孟子:"我对于国家的事情,总算尽了心了:河内年成不好了,我就把河内的灾民,移到河东去;同时,又把河东的粮食,调济到河内来。假如河东年成不好,我也同样设法去救济。我看看邻国,实在还不及我那样地痛爱百姓;可是,邻国的百姓,并未减少,而我们梁国的百姓,也不曾增加。这是什么道理呢?"

孟子就说:"大王喜欢打仗,我就拿打仗的事情打个比方吧!战鼓咚咚地一敲起来,双方的士兵,就刀对刀、枪对枪地接了仗。在这时候,打败的一方,不免丢了盔甲,拖了刀枪,快点逃命。逃命的人,自然有的逃得快,有的逃得慢;可是,逃跑总是不体面的。假如,有一个人逃了一百步,有一个人只逃了五十步;这个逃了五十步的人,就嘲笑那个逃了一百步的,说他:'怕死!不勇敢!'你看对不对呢?"

梁惠王说:"当然不对!那人只不过还没逃到一百步,却也是逃跑了的!"

孟子说:"大王既然知道这个道理,那么,你怎能使你的百姓比邻国多呢!"

《孟子》

揠苗助长

有个急性子的宋国人,日夜盼望田里的稻子快些长大起来。可是稻是要慢慢长的,不能照他想的长得那么快。

有一天,他想出了一个妙计:下得田去,把每棵稻子,都从土里拔高了一些。

他筋疲力尽地回到家里,告诉他家里的人说:

"好累啊!辛辛苦苦地干了一整天!不过,田里的稻子,倒是都长高了好些。"

他的儿子听说田里的稻子长高了一些,连忙跑到田里去看。可是糟糕得很,满田的稻叶子,都开始枯萎了。

《孟子》

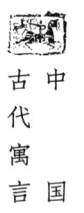

中国古代寓言

疑心生暗鬼

有个生性愚笨、胆子又小的人,名叫涓蜀梁。有一回,他在一个有月亮的夜晚,出门赶路去。

白蒙蒙的月光,照在他身上。他身边的地上,就投下了一个黑黝黝的影子。

他走一步,那影子也跟着前进一步。

他低下头,看见身边有个黑簇簇的人影,以为一定是个小鬼紧紧地跟着他,便害怕起来了。再抬起头来,看见自己头上的头发,飘呀飘的,他以为那一定是另一个鬼的长头发。

于是,急忙拔腿,回头就跑。他气呼呼地跑到家里,因为跑得太快,透不过气来,就憋死了。

《荀子》

鼯（wú）鼠

田野里有一种小动物，名叫"鼯鼠"；也有人把它叫作"硕鼠"。它有五种本领：会飞、会走、能游泳、能爬树，又会掘土打洞。但是，它虽然学了这几种本领，却一种也没有学好。说它会飞吧，飞得不很高；会游泳，却又游得不远；爬树呢，又爬不到树顶；走又走不太快；掘土打洞，也不能挖得很深。

名义上是学会了五种本领，用起来时，却一样也不中用。这哪里能说它有本领呢！

《荀子》

买椟还珠

楚国有个珠宝商人，到郑国去兜销宝珠。他用名贵的木材，雕了一只盒子。又用各种方法，把盒子装饰得很

美观，使盒子散发出香味，然后把宝珠装在里面。

有个郑国人，看到这个装宝珠的盒子那么精美，就出高价买了去。买了之后，就把盒子留下，却把宝珠还给了那个珠宝商人。

这个郑国人，只知盒子的好看，却不晓得宝珠的价值实在要比盒子的价值高许多倍。

《田俅子》

画什么东西最难

有个画家给齐王画画。齐王问他：

"请你说说看，到底画什么最难？"

画家回答说：

"最难画的，要算那些狗、马，等等了。"

齐王又问：

"那么，画什么最容易呢？"

画家毫不迟疑地回答说：

"要算画妖魔鬼怪最容易了。"

这为什么呢？因为狗、马是我们天天见面的，我们都很熟悉，只要画得有些不像，人们就容易指出缺点来。至于妖魔鬼怪呢，我们从来也没有见过，没有一定的模样，所以，画起来就容易，谁也说不出像呢还是不像。

《韩非子》

只相信自己的儿子

有个财主，他住屋的一堵墙，给雨水冲坏了，造成了一个缺口。

他的儿子告诉他说：

"赶快把这个缺口修好，不然的话，小偷会从这里进来偷东西的。"

住在财主隔壁的那个老头，看见了那个墙缺，也警告他说：

"不把这墙缺修好，小偷会跑进你家来的。"

当天晚上，真的来了小偷，从那个墙缺进去，偷走了财主家的许多财物。

财主很称赞他的儿子，以为儿子有先见。可是，他同时怀疑他的邻居，认为邻居就是偷他东西的那个小偷。

《韩非子》

从小事推想到大事

纣王叫人替他用名贵的象牙做了一双筷子。

箕子看见这情形，很是担忧：他认为用了象牙筷子，就不会再用陶土碗碟来盛菜，必须用玉杯、玉盆才相称；用了玉盆和象牙筷，也就不盛那些粗菜了，必须盛放象尾、豹胎一类珍品才相称。若是吃的象尾、豹胎，那么，他一定不穿粗糙的麻布，也不肯住低矮的房子了，一定要穿绸着缎，住高大的房屋。

假使这种享乐的欲望，不断地扩大，必然一天比一天奢侈。结果，自然会搞得一发不可收拾。

纣王不知悔改，后来真的身死国亡了。

《韩非子》

曾子不撒谎

有一天，曾子的妻子，要上街去，她的孩子哭着叫着，也要跟他妈妈上街。妈妈骗他说："你回去吧，等我上街回来，杀猪给你吃吧！"

妻子从街上回来，看见曾子正在准备杀猪给孩子吃。妻子急忙阻止他：

"怎么啦，你真的要杀猪给孩子吃呀？我原本只是骗骗孩子的！"

曾子说："对小孩子怎么可以说谎话呢！孩子们的一举一动，都是跟爸爸、妈妈学的，你撒谎欺骗了孩子，就是叫孩子学撒谎。这样教育孩子，是要不得的。"

曾子最终还是杀了猪。

《韩非子》

南郭先生

齐宣王喜爱吹竽，又好大排场，所以他那个吹竽的大队，就有三百人。他常常叫这三百人一齐吹竽给他听。

有个南郭先生，实在并不会吹竽，看到了这个机会，便到齐宣王那里去，请求参加这个吹竽队。

齐宣王给他很高的薪水，把他编在吹竽大队里。

南郭先生原是不会吹竽的，每逢吹竽，就混在大队里，拿着竽装腔作势。这样一天天地混过去，不曾出过毛病。

等到齐宣王死了，齐湣王接替了王位。可是这个接位的齐湣王和齐宣王的脾气不同：他不喜欢听大家一起吹竽，他要叫那些吹竽的人，一个个地吹给他听。

南郭先生听到了这个消息，就偷偷地逃跑了。

《韩非子》

远水不救近火

齐国是鲁国的邻邦。鲁穆王却不打算和齐国联盟,反而派了他的公子们分别到晋国和楚国去联合。假如鲁国发生战争,希望晋、楚两国能来援助。

鲁国有个官员黎,对鲁穆王说:

"假如我们现在有人掉进河里去了,跑到越国去请人来拯救,越国距离我们这么远,无论越国人怎样善于游水,等他们赶到,掉到河里去的人,早已死了!假如有个地方,发生火灾,如果等你到遥远的海边去取海水来救火,海水虽然多,等你把海水取来,房子早烧完了。现在晋、楚两国虽然很强,可是齐国却是我们近邻的大国,假如我们不和齐国联合,恐怕鲁国是很危险的。"

《韩非子》

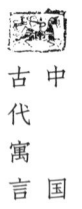

守株待兔

宋国有个农民,有一天,他在地里耕作,看见一只兔子疾奔过去,正好撞上了地边的一棵大树,把颈子折断了,死在树下。那个农民就不费一分气力,把兔子拾了回来。

这农民拾了兔子以后,就放下了锄头,老是坐在那棵大树底下,两手抱着膝踝等待兔子。可是,再也没有第二只兔子来撞树了。

《韩非子》

鳝鱼和蚕

鳝鱼的形状很像蛇;蚕的样子很像地里的白磁虫。

人们看见蛇,都会吓得尖叫直跳;看见白磁虫,就汗毛直竖。

可是,当渔人钓到了一条鳝鱼的时候,就用两手紧紧地捏住它；养蚕的妇女们整天整夜和蚕在一起，把它从这个筐子搬到那个筐子，用桑叶喂它，像爱护自己的儿子一般地爱护它。

这是因为蚕和鳝鱼都对我们人类有好处的缘故。凡是对于人们有益的事，人们就会很勇敢地去做。

《韩非子》

种杨树和拔杨树

杨树是一种很容易种活的树；要是在春天里，随便折它一条丫枝插在地里，很快地就会生根，长出叶子来。

杨树虽然容易种活，却需要十几个人去种一整天，而只消一个人，只要一会儿工夫，就可以统统拔光。

这是什么原因呢？就因为拔树要比种树容易得多。

《韩非子》

把石子当宝贝

有个宋国人,在临淄拾得了一块石子;他认为这是一件宝贝,就急忙拿回家去,用丝绢包起来。包了一层又一层,直包了几十层,才把它放在皮匣子里。但他还不放心,在匣子外面又套上匣子,一连套了几十只。

有个懂得宝贝的人,听见这消息,就上他那里去,请求看一看宝贝。

那宋国人为了慎重起见,事先就熏香沐浴,清心静气地修养了七天,然后穿上大礼服,恭恭敬敬地请出匣子,取出那块石子来。

那个懂得宝贝的人看了,几乎要放声大笑,只好赶快把嘴巴掩住,告诉他说:

"这是一块石子,和瓦片一样不值钱!"

宋国人心里很不高兴,认为那个懂得宝贝的人在骗他。他说:

"做生意的总把别人的货色,说得一钱不值;做医生的,总把病人的毛病,说得危险万分。这无非为了自己可以多赚几个钱。我可不上这个当!"

他认为那个懂得宝贝的人的话，是不可相信的。

从此以后，他反而把那石子保管得更加稳当，更珍爱他那块石子了。

《韩非子》

自相矛盾

从前，有一个卖矛和盾的人，他举起盾，向人叫卖说："我的盾呀，顶牢顶牢的，无论怎样好的矛，也戳不穿它！"说完，又举起他的矛夸口说："我的矛呀，十分锋利，无论怎样坚硬的盾，一碰上，就能戳进去！"

站在旁边的人听了，暗暗地发笑，便问他："照你这样说来，你的矛是顶锋利的，怎样硬的盾都戳得进去；你的盾又是那么的牢固，无论怎样锋利的矛，也别想戳得进去。那么，用你的矛来戳你的盾，结果会怎样呢？"

那人窘得答不上话来了。

《韩非子》

献 玉

宋国有个喜欢奉承别人的人。

有一天,他得到了一块玉石,就拿去献给宋国的大臣子罕,想去讨好一番。

子罕怎样也不肯接受这块玉石。那人便花言巧语地说:

"这宝贝啊,落在你老先生的手中,挂在你身上,是最相称、最合适的,平常人是配不上用它的!"

子罕回答他说:

"你把这块玉当宝贝,可是我是不随便接受别人的奉承的。这也就是我的宝贝!"

《韩非子》

和氏之璧

楚国有个和氏,在山上得到一块玉璞,拿去献给楚厉王。厉王叫玉匠来看。玉匠看了说：

"这是一块石子呀，哪里是玉石！"

厉王认为和氏欺骗他，把他办了罪，截去了他的左脚。

等到厉王死后武王接了王位。和氏又把那块玉璞拿去献给武王。

武王仍叫玉匠来，把玉璞辨别了一番。玉匠仍旧说：

"是块石子，谁说是玉石？"

武王恼怒和氏胆敢欺骗他，把他的右脚也截去了。

武王不久也死了，接他王位的是文王。和氏捧着那块玉璞，坐在山脚下哭泣，一连哭了三天三夜，把眼泪也流尽了。

文王听到这事，叫人去问他：

"你这个人本是罪有应得，截了脚的人也多得很，你为什么悲伤地哭个不停？"

和氏回答说：

"我并不是为了截去两只脚悲伤，把宝玉当作石头，把忠诚说成欺骗，我是为此而痛心！"

文王叫玉匠剖开这块玉璞，果然是一块真宝玉。

后来，就把这块宝玉叫作"和氏之璧"。

《韩非子》

打 鼓

楚厉王曾经通令百姓,假如国家发生急事,就打鼓为号;百姓听到鼓响,就要立刻动员起来。

有一次,厉王喝醉酒,从鼓架旁边走过,胡乱地打起鼓来。老百姓听到鼓声,大家都十分恐慌地聚集在宫门外。

厉王派人去告诉他们:

"刚才打鼓,并没有什么急事。只是国王喝醉酒,走过鼓架旁边,为着好玩,打了一阵鼓。"

老百姓等事情弄明白了,才安静下来。

隔了几个月,楚国真的发生紧急事情,就"咚咚"地打起鼓来。可是,百姓虽然听到鼓声,却不再把它当作一回事,没有一个人赶去救急。

《韩非子》

愚人买鞋

有个愚人,他想上市去买双新鞋子。因为要去买鞋子,便先用尺把脚量了量,摘了根稻秆,记下尺码。可是因为急于赶路,把尺码忘在家里了。

他到了市上,走进了鞋店。摸了摸口袋,不见了那尺码。就对店伙说:

"没有带尺码,不晓得多大多小,让我回家拿尺码去!"说罢,拔脚就跑。

他急忙回家拿尺码,又急忙赶回市上来,一来一去,花了很多时间。等他赶回市上,天已晚了,鞋店已经关门了。他白白忙了一阵,还是没有买到鞋子。

那时,有人问他:

"你是给自己买鞋子,还是替别人代买?"

愚人回答说:

"我自己穿的呀!"

别人又问他:

"那么,你身上不是长着脚么?又何必带尺码呢!"

《韩非子》

眼睛看不见睫毛

楚庄王准备出兵去攻打越国。庄子问他:
"你为什么要去打越国呢?"
楚王回答说:
"越国的政治太腐败了,兵力也不足。"

庄子就说:"照我的看法,一个人的聪明智慧,也和人的眼睛一样。眼睛能够看见百步以外的东西,却看不见自己的睫毛。大王,请你自己想想,你的兵力到底比越国强多少?你以前出兵和秦国、晋国打仗,不但打败了,还丢了几百里地方,这不是兵力弱的缘故吗?庄跻是个大强盗,他在国内横行不法,而你的官吏,老是装聋作哑,不去禁止他,这不是政治腐败的缘故吗?楚国政治的腐败,兵力的薄弱,比越国还厉害些,现在却还要去打越国,这不是跟眼睛看不见自己的睫毛一样的道理吗?"

庄王听了他的这番话,就不去打越国了。

这是说:一个人看别人的错处是容易的,要看见自己的错处,却很不容易。

《韩非子》

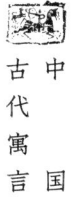

扁鹊治病

蔡国有个著名的医生,名叫扁鹊。有一天,他去见蔡桓公。扁鹊告诉他说:

"大王,据我看来,你已经得了毛病。不过,不打紧,你的病在皮肤里,经过医治,便会好的。如果不医治呢,怕会慢慢地重起来。"

桓公说:

"我的身体很好,什么病也没有。"

扁鹊看他很固执,也不再说了。

扁鹊走后,桓公冷笑着说:

"这些做医生的,大病医不了,只会医些没有病的人。医治没有病的人,才容易显示自己的手段高明!"

隔了十几天,扁鹊又去看桓公,再对桓公说:

"你的病,现在已经在皮肤和肌肉之间,再不医治,慢慢地会更厉害的。"

桓公听了很不高兴,没有理睬他。扁鹊也就退了出来。

过了十来天,扁鹊又去见桓公,说道:

"你的病已经从肌肉流到血脉里去了。"

桓公还是不睬他。

再隔十来天,扁鹊又去看桓公,告诉他说:

"你的病,现在已经从血脉到了肠胃。再不医治,将更严重了。"

桓公听了十分不高兴,闷声不响。扁鹊又不得不退了出来。

又隔了十几天,扁鹊碰见了桓公,留神地看了他几眼,掉头就跑了。桓公觉得他这种举动很奇怪,特地派人去问他:

"扁鹊,你这次见了大王,为什么一声不响,偷偷地跑掉?"

扁鹊说:

"一个人生了病,病在皮肤、血脉、肠胃的时候,都有办法可以医好,到了骨髓,就难下手了。现在大王的病,已经入了骨髓,我还有什么法子医治呢!"

五天后,桓公遍体疼痛,派人去请扁鹊来给他治病。扁鹊早知道桓公定要来请他,几天前就跑到秦国去了。

《韩非子》

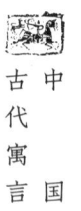

酒店里的恶狗

宋国有家卖酒的,所酿造的酒,味道非常醇美,分量既准足,招待顾客也够殷勤;门前还高高地挂着酒旗,迎风飘扬,好像在向顾客招手。

照理说,这样一家酒店,生意应该是很兴隆的。可是,上店来打酒的人却很少。生意既然清淡,酿造出来的酒,只好一坛一坛地堆在那里。日子一长久,酒也变酸了。店主人看看这情况,觉得不妙,很是着急。一天,他跑去问村上一个有见识的人:

"先生,我要请教你!我们店里的酒,味道好,价钱巧;我对顾客又都和和气气,为什么酿出来的酒,老是卖不出去?"

那人想了想问道:"你家养的狗,对人很凶吗?"

店主人说:"我家的那只狗确实很凶;不过,这跟卖酒有什么关系呢!"

那人说:"人家叫孩子拿了钱,提了壶,到你家去打酒,而你家的狗,却张牙舞爪追赶出来,咬他们的腿脚,撕破他们的衣裳。所以大家都怕进你家的门槛了。这样,难怪你家的生意不好，酒也就变酸了。"

《韩非子》

不合时宜

在鲁国，有这么一对夫妻：男的是个鞋匠，鞋子做得很好；女的也是个织绢的能手。有一天，他们两口子商量好，想到越国去谋生。

这消息传开以后，有个人去劝这一对夫妻：

"不要去吧，你们如果到越国去谋生，那可更糟了。在那里，你们一定无法生活的！"

他俩儿问："我不懂你说的意思！我们两口子，各有一套手艺，怎么会生活不了？别胡说了！"

那人告诉他说："对呀，你们都各有一套手艺。可是，你们知道吗？你们做了鞋子，原是给人穿的，可是越人爱打赤脚，不穿鞋子；你们织的丝绢，原是做帽子用的，可是越人喜欢披着头发，不戴帽子。你们做的鞋子、帽子，

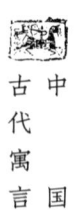

怎么卖得出去呢?你们的本领虽大,在那里可都用不上。到那时候,看你们怎样生活!"

《韩非子》

买甲鱼的人

有一个女人从市上买了一只甲鱼,拎着回家去。走到河边,她忽然想起,手上的甲鱼,离水太久了,该让它喝点水。

她便松了缚甲鱼的绳子,把甲鱼放到河里去,让它喝水。不料那甲鱼一下水,就逃掉了,再也找不着了。

《韩非子》

弓和箭

有个人自夸他的弓说：

"我的弓嘛，没有比这更好的，用不着什么箭的！"

也有个人自夸他的箭说：

"我的箭嘛，没有比这更好的，用不着什么弓的！"

这时恰好有一个会射箭的人，从他们身边走过，听到他们所讲的话，就告诉他们说：

"你们两人的话，都是不对的。没有弓，发不出箭；没有箭，怎样能射中目标？"

那个会射箭的人，教他们把弓和箭都拿出来，然后射箭给他们看。

他们这才知道弓不能离箭，箭也是离不开弓的。

《韩非子》

唇亡齿寒

晋国和虢(Guó)国的中间,隔着一个虞国。有一次,晋国要去攻打虢国,向虞国去借路。晋国的国王怕虞国不肯答应。

晋国的臣子荀息向国王献计说:"你如果把那块垂棘的玉石和那匹屈产的马,送给虞王,向他借路,他一定会答应的。"

国王说:"垂棘的玉石是我祖传的宝贝,屈产的那匹马,是我最好的一匹马,如果虞国收了这两件东西,仍不肯借路给我们,那该怎么办?"

荀息说:"他如果不答应借路,一定不敢随便收下我们的礼物;如果收了,也一定允许借路给我们了。他收下了那也不打紧。那块玉石,那匹骏马,只是暂时属于他们罢了,最后还是会归还我们的。把玉石放在虞国,只不过是把它从内室移到外室,把马送给虞国,也只不过把它从内马圈关到外马圈里去罢了。要把玉石、骏马拿回来,还是很容易的!"

国王听了荀息的话,把礼物送给了虞国,然后向虞王借路。虞王得了宝石和骏马,立刻答应了晋国的要求。

虞王身边的一位臣子宫之奇提出了抗议说:"这样做是不对的!虢国是我们的邻邦,和我们的关系,像嘴唇和牙齿一样,互相关联着。如果借路给晋国去攻打虢国,虢国灭亡了,我们虞国还能够保全吗?万万不能允许!"

虞王并没有采纳宫之奇的意见。

荀息带了兵马,立刻打下了虢国。过了三年,晋国果然又兴兵去灭了虞国。荀息把从前送给虞王的宝石、骏马,都拿了回来,还给国王。

国王摸摸宝石,拍拍马背,很得意地说:"玉石倒还是这一块;不过,这一匹马,老了些了,多长了几颗牙齿啦!"

虞国的灭亡,就是为了贪眼前的小利,不考虑长远利益的缘故!

《吕氏春秋》

刻舟求剑

有个搭船过江的人,一不小心,将所带的一柄剑,

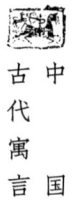

从船边落到江里去了。

那人马上在船边落下剑的地方,划了个记号。

别人问他:

"喂,你在船边划记号,做什么用呀?"

那人回答说:

"我的剑,就是从这个地方落下去的,等会儿船靠岸了,我就要从这个有记号的地方下水去把剑找回来。"

《吕氏春秋》

大公无私

晋平公问祁黄羊:

"南阳县缺个县长。你看,应该派谁去当县长?"

祁黄羊毫不迟疑地回答说:

"叫解狐去,最合适了。他一定能够胜任的!"

平公惊奇地又问他:

"解狐不是你的仇人吗?你为什么推荐他呢?"

祁黄羊说：

"你只问我什么人能够胜任，并没有问我：解狐是不是我的仇人呀！"

于是，平公就派解狐到南阳县去上任了。解狐到任后，替那里的人民办了许多好事，大家都歌颂他。

过了一些日子，平公又问祁黄羊说：

"现在朝廷里缺个法官。你看，谁可以担当这个职位？"

祁黄羊说：

"祁午能够胜任的。"

平公又奇怪起来了，问道：

"祁午不是你的儿子吗？"

祁黄羊回答说：

"你只问我谁可以胜任，所以我推荐了他；你并没有问我：祁午是不是我的儿子呀！"

平公也就派了祁午去做法官。祁午当上了法官，又替人民办了许多好事，很受人民的欢迎。

孔子听到这两件事，十分称赞祁黄羊。孔子说：

"祁黄羊说得太好了！他推荐人，完全拿才德做标准，不因为是自己的仇人，存了偏见，便不推荐他；也并不因为是自己的儿子，怕人议论，便不推荐。像祁黄羊这样的人，才是真正的'大公无私'！"

《吕氏春秋》

可笑的成见

从前，有个人正从江边走过，忽然发现一个成年男子，抱着一个小孩，准备把小孩投到江里去。

小孩子害怕了，急得"哇哇"地乱哭乱叫。

这个过路人就问：

"你为什么要把这个孩子投到江里去？不怕小孩淹死吗？"

"不要紧，他的爸爸是个游水的名手！"

过路人就说：

"爸爸会游水，难道他儿子不经过学习，也会游水吗？"

《吕氏春秋》

摇摆不定

秦武王叫良医扁鹊去看病。扁鹊看了就预备替他医治。武王的部下却对武王说：

"大王的病根，既然在耳朵和眼睛之间，医起来，未必能够医得好，可能会把耳朵搞聋、眼睛搞瞎的。"

秦王有些怕了，就把他部下的话告诉了扁鹊。扁鹊听了很动气，把手中的医具扔在地上。说：

"大王和医生商量治病，这是对的；却又去和不懂医道的人商量，来破坏治病计划，这岂不是自寻死路？从这件事，也可以看出秦国的政治了。你办事这样摇摆不定，国也会因此灭亡的。"

《战国策》

狐假虎威

老虎在森林中捉住了一只狐狸,便要吃它。狡猾的狐狸对老虎说:

"我是天帝派到森林里来做兽王的,你可不能吃我!"

老虎看狐狸是这么个小家伙,会当兽王,着实有些不相信。

狐狸说:

"你如果不相信,那么,你就跟我到林子里去走一遭,看野兽们见我怕不怕。"

老虎同意了。

狐狸走在前面,老虎紧紧地跟着,一路走去。

森林中的野兽,看见老虎来了,都吓得拼命地逃跑。狐狸便得意洋洋地对老虎说:

"你看,谁不怕我?"

老虎说:

"是啊,你的威风真不小,它们看见你,真的一下子都跑掉了。"

《战国策》

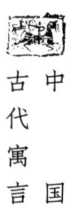

谣言的害处

有一次，曾子别了老母，离开家乡，到费国去。

费国有个和曾子同名同姓的人，杀死了人。有人听到这消息，也不把它弄个清楚，就去告诉曾子的母亲说："听说，你们的曾参在费国杀死人了！"

那时，曾子的母亲正在织布，听了这消息，头也不抬地回答说：

"我的儿子，决不会杀人的！"

说着，仍是很安心地坐着织布。

过了一会儿，又有人来报告说："曾参杀了人了！"

曾子的母亲仍是没有理睬，稳稳当当地坐着织布。

过了不久，又跑来一个人，同样地说："曾参杀了人了！"

曾子的母亲，听了第三个人的报告，害怕了，立刻扔下手中的梭子，急急忙忙地离开织布机，跳墙逃跑了。

《战国策》

自知之明

齐宣王的部下,有个名叫邹忌的。一天早上,他整整衣冠,照照镜子,问妻子说:"你看,我同那个住在城北的徐公比较起来,到底谁长得漂亮些?"

妻子回答说:"你漂亮得多啦!徐公哪里及得上你!"

徐公是全国闻名的美男子,邹忌自己也不相信会比他还漂亮。于是,他又去问他的妾:"你看,我比徐公哪个漂亮些?"

妾也同样地回答说:"他怎么及得上你!"

之后,又来了一个客人,邹忌又问了问客人。客人也是那么回答:

"你比他漂亮多了。"

第二天,邹忌碰到了徐公,又紧紧地盯住他看了一阵,细细地和他比较了一番,还是看不出自己比徐公漂亮。他再去照照镜子——愈加觉得自己不及徐公。

邹忌夜里睡在床上,想来想去,想出一个道理来了:

"我的妻子对我偏爱,所以捧我;我的妾赞美我,是因为怕我;客人对我有所要求,所以有意讨好我。"

《战国策》

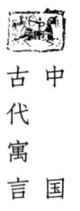

南辕北辙

从前有一个人,要从中原地方(在黄河流域)到楚国(在长江流域)去。

楚国明明是在中原的南方,可是这个人,却朝着北方走。

路上有人告诉他说:

"老乡,你走错了!到楚国去,要向南走。你为什么向北跑呢?"

那个人回答说:

"不要紧,我有一匹好马。我的马跑得好快啊!"

"不管你的马多好多快,可是朝着这个方向走,是到不了楚国的!"

"不要紧,我还有很多的旅费哩!"

"旅费尽管多,也不抵事。朝这个方向走,决然到不了楚国!"

"不要紧,我的马夫,赶马的本领很大。"

那个往楚国去的人,没有认识到自己的错误,还是照着那个错误的方向走去。可是我们可以断定:他的马越好,旅费越多,马夫赶马的本领越大;那么,离开楚国也越远了。

《战国策》

鹬(yù)蚌相争

　　一只河蚌张开蚌壳,在河滩上晒太阳。有只鹬鸟,正从河蚌身边走过,就伸嘴去啄河蚌的肉。

　　河蚌急忙把两片壳合上,把鹬嘴紧紧地钳住。鹬鸟用尽力气,怎样也拔不出嘴来。

　　蚌也脱不了身,不能回河里去了。

　　河蚌和鹬鸟就争吵起来。

　　鹬鸟瓮声瓮气地说:"一天、两天不下雨,没有了水,回不了河,你总是要死的!"

　　河蚌也瓮声瓮气地说:"假如我不放你,一天、两天之后,你的嘴拔不出去,你也别想活!"

　　河蚌和鹬鸟吵个不停,谁也不让谁。这时,恰好有

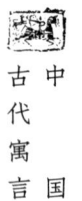

个打鱼的人从那里走过,就把它们两个一齐捉去了。

《战国策》

不敢上门

有个人很爱他自己的狗,因为它凶猛,看门看得很好。

那只狗,却常常要在井旁边撒尿。

邻居们看见这狗常在井边撒尿,十分讨厌它,很想把这事告诉它的主人,禁止它在井边撒尿。

狗一看见邻居们走来,怕他们去告诉它的主人,就迎头挡住,要咬他们。吓得邻居们不敢上门。

凡是害怕别人揭发他的缺点的人,往往和这只狗一样,要挡住别人,使别人不敢上门。

《战国策》

不失约

魏文侯和打猎队约好一同去打猎。到了那天,魏文侯正和他的部下饮酒,饮得很有兴致。天呢,又下着雨。可是魏文侯还是准备打猎去。他的部下对他说:

"今天,我们酒饮得很快乐,天又下雨,你预备到什么地方去呢?"

魏文侯说:

"我和打猎队约好,今天一同去打猎的。在这里饮酒虽然很快乐,可是,怎么可以约了不去呢!"

于是,魏文侯就冒着大雨去了。

从那以后,各国都信任魏国。魏国也就开始强盛起来了。

《战国策》

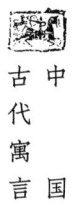
中国古代寓言

死的千里马

古代有个国王，准备用千金买一匹千里马，可是买了三年，还没有买到。有个太监对国王说："我愿意替你去买！"国王就答应了。

这太监寻了三个月，总算打听到了一匹千里马。可是等他到了那里，千里马却已经死了。这太监计算了一下，还是花了五百金买了那匹死了的千里马，把一个死马头带回京城来。

国王见这太监用五百金买了个死马头，便大骂这太监："我要买的是活马，要这死马头做什么！你白白糟蹋了我的金子。"

这太监却不慌不忙地说："我用五百金买这个死马头，无非教天下人都知道，你是喜欢千里马的。这消息一传出去，有千里马的，自然会自己送上门来了。"

果然，不出一年，国王居然买到了三匹千里马。

《战国策》

淳于髡（kūn）荐贤

淳于髡在同一天里，连着推荐了七个贤士给齐宣王。齐宣王觉得很奇怪，问他说：

"我听说，人才是难得的！在千里周围内，能选拔到一个贤士，贤士就算是相当多了；在一百年中，能够发现一个圣人，圣人就不算顶难得的了。现在，你一天里就推荐了七个贤士给我，看样子，贤士真太多了。"

淳于髡说：

"不是这么说的。你看，同类的鸟，总是聚集在一起的；同类的野兽，也总是一道行走的。比如说，我们要寻找柴胡和桔梗这类药草，如果到洼地上去寻找，哪怕寻一辈子，也得不到一株；如果到泽黍山、梁父山的北面去寻找，那就可以用车子来载运了。天下的事物，都是'同类相聚'的，我们人也是这样。我淳于髡总算是贤士吧，你要我挑选贤士，真好像到河里去汲水，用火石去打火一样，当然很容易。我正预备再推荐一批贤士给你呢，哪止这七个。"

《战国策》

画蛇添足

有一家楚国人,祭过了祖宗以后,便将一壶祭祀时用过的酒,留给所有的办事人员喝。

办事人员很多,仅仅一壶酒,到底给谁喝呢?老半天,决定不下来。有人提议:各人在地上画一条蛇,谁画得快画得像,就把这壶酒给他。

大家都认为这办法很好。

有一个人画得很快,一转眼,就把蛇画好了。这壶酒就归他所得。这时,他回头看看别人,都没有画好,再看看自己画的那条蛇,还没有画上脚,他便左手拿了酒壶,右手拿了一根树枝,得意洋洋地说:

"你们画得好慢啊,等我再画上几只蛇脚吧!"

正在他画蛇脚的时候,另一个人已经把蛇画好了。那人画好蛇,就把酒壶夺了过去,说:

"蛇是没有脚的,你怎么画上了脚?第一个画好蛇的是我,不是你哩!"

那人说罢,就理所当然地喝起酒来。

《战国策》

两败俱伤

齐宣王要去攻打魏国。淳于髡对齐宣王说：

"你知道韩子卢和东郭逡的故事吗？韩子卢是天下的良犬，东郭逡是海内的狡兔；韩子卢追东郭逡，绕着山腰追了三圈，跨过山岗追了五次。在前面逃跑的兔子，跑得疲乏极了；在后面追赶的狗，也赶得万分困倦。结果，全都死在山脚下了。有个农夫跑来，不花丝毫气力，就把狗和兔都拾了去。如今如果齐国和魏国双方争持得太长久了，就会把兵士弄得困倦，同时也加深了人民的痛苦。我们的背后，还有强大的秦国和楚国呢！假使我们去攻打魏国，我看他们也会和那个农夫一样，来享受意外的收获的！"

齐宣王听了，心中害怕起来，就不再去打魏国了。

《战国策》

田单攻狄

田单准备去攻狄族,将这事去请教鲁仲子。鲁仲子告诉他:

"将军这次去攻狄族,一定攻不下的!"

田单回答说:

"我上次只凭着一个即墨——五里大的一个城市,七里周围的一条城墙和一些老弱残兵,便打败了拥有千军万马的燕国,收复了齐国的失地,现在去攻小小的狄族,怎么会攻不下呢!"

说毕,连谢也不谢一声,便跳上车子走了。

果然,田单攻狄族攻了三个月,还没有攻下来。那时齐国的孩子们唱起了这么一支童谣:

"军帽高又大,

巍巍像畚(běn)箕;

长剑当拐杖,

垂头又丧气;

攻狄攻不下,

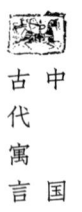

营盘扎在坟堆里!"

田单听到这支童谣,才害怕起来。他再跑来请教鲁仲子:

"请问先生,你说我攻不下狄,现在真攻不下来,这是什么理由呢?"

鲁仲子回答他说:

"上次将军在即墨的时候,一闲下来,就和士兵在一起编织草鞋,打墙补屋,和士兵们同甘共苦,做他们的榜样。你又常常跟士兵们说:'我们没有地方可去了。国家亡了,无家可归了,还想回到什么地方去呢?'那时候,你有必死的决心,士兵没有贪生的念头,他们听了你的话,没有一个不挥着眼泪,振臂高呼,要求作战的。因为这个缘故,才把燕国打败的啊!如今,东边的祖邑,是你的封地,西边的菑(zī)上,是你游猎的场所;腰包里有的是黄金,可以自由自在地享乐;没有拼命的必要。所以不能打胜仗了。"

田单听了说:"我的心思,统统给你说破了。"

第二天,田单回去,就检阅了队伍,激励了士气。拿起鼓棒,擂起军鼓。又亲自领队,冒着敌人的飞箭乱石，冲在前面。

果然，士兵们个个勇气百倍，猛烈地跟着进攻，就把狄族打败了。

《战国策》

借　光

住在江边的姑娘们，有一种习惯，老喜欢大家合出灯油，以便夜间聚在一个屋子里做活。

有一个姑娘，家里很穷，买不起灯油，也常混在她们中间。大家看她总是不带灯油来，想把她驱逐出去。

那穷姑娘说："我因为没有灯油，所以每天都先来打扫房子，安排座位，让你们舒舒服服地来工作。你们为什么吝啬这么一点灯光呢？满屋子都是亮堂堂的灯光，为什么不肯让我借借光，这对你们并没有损失，对我却有好处。你们何必驱逐我呢！"

姑娘们听了她的话，认为很有道理，就留她在一起

做活了。

《战国策》

何必懊悔

从前有个道士,听说有人懂得长生不老的法术,他就去向那个人请教。

道士虽然到了那里,可是,那个懂得法术的人,已经在前几天生病死了。

道士白白走了许多路,还是学不到法术,心里非常不高兴。他怨恨自己走得太慢,把大事误了;如果早到几天,也许能把长生不老的法术学得了。

有人告诉他说:

"你的目的,是要学他的长生不老的法术;他如今连自己的性命也保不住,死了。你即使碰见他,一定也学不到什么的,又何必懊悔呢!"

《孔丛子》

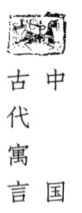

天涯海角都去得

　　子高游历到赵国,和平原君的两个宾客邹文、季节相处得很好,交上了朋友。子高要离开赵国回家,所有的老朋友都来送行。其中邹文和季节,竟送行送了三天。临别的时候,邹文和季节两人都流了泪,舍不得让他离开。但是,子高只是向他俩挥挥手,作个揖,就管自走路了。

　　子高的随从看了很奇怪,问他说:"看你和邹文、季节平常很要好,很亲近。这次分别了,不知道哪天再能见面,所以邹文、季节都流着泪,舍不得你走。但是,我看你,只是向他们作个揖,说声告辞,就走了,不是太无情吗?"

　　子高回答说:"人有'四方之志',天涯海角都去得!人又不是猪仔,整年整月地聚集在一个圈子里的!"

　　随从又问他:"照你这样说来,邹文和季节是不应该的了。"

　　子高回答说:"他俩的感情,总是婆婆妈妈的,要是碰上了需要果断的时候,他俩的魄力一定是不够的!"

《孔丛子》

掩耳盗铃

有一个人,看见人家大门上挂着一只门铃,便想把它偷来。

他明明晓得,如果他去摘那门铃,只要手一碰到它,就会"铃铃"地响起来。可是他马上想出法子来了。他认为:铃响之所以会闯出祸来,只因为耳朵能听见,假如把耳朵掩起来,不是听不见铃声了吗?

于是他便先把自己的耳朵掩起来,然后去偷那只门铃。可是,他仍然给人发觉了。因为别人并没有掩着耳朵,仍能听得见铃声。

《淮南子》

小本领也有用处

公孙龙在赵国的时候，曾经对他的弟子说："没有才能的人，我是不愿和他在一起的。"

有一天，有个穿粗布衣服的人，要求公孙龙收他做弟子。公孙龙就问那人有什么专长，那人说："我没有什么本领，只是我的声音很响亮，喊叫起来比别人要响得多。"

公孙龙回头问他的弟子："在你们中间有没有叫得很响的人？"弟子们都回答说没有。于是，公孙龙就把那个人收留了下来。弟子们都不免暗中发笑，以为这有什么用处呢！

几天以后，公孙龙要到燕国去见燕王，路上碰到一条很宽阔的大河。河这面没有船，只有一只小船远远地停在对岸的沙滩边。

公孙龙就吩咐那个新收的弟子去叫船。这弟子大声地喊了一声，停在对岸的那只船，就摇了过来，很快地把他们渡过河去了。

《淮南子》

死里求生

楚国有个名叫次非的,得到了一把宝剑,就兴冲冲地渡河回家。当渡船划到江心时,突然有两条蛟龙,兴风作浪,夹绕着他所坐的渡船。这把全船人都吓得魂飞魄散,不知怎样是好。

次非不慌不忙地问船老大:"你说,在这样的情况下,船里的人,还能够保全性命吗?"

船老大说:"这是有死无生的,还有什么办法呢!"

次非就合上眼睛想了想,立刻拔出宝剑来说:"以前那些被蛟龙所害的人,都是因为他们在危急的时光,虽然有了武器,也不敢和蛟龙拼个你死我活。结果呢,性命还是不能保全。现在已是性命不保的时候了,我还能爱惜我这宝剑吗?"

次非就跳进江里去,刺杀了蛟龙。

船上的人,也都保全了性命。

《淮南子》

两头蛇

孙叔敖小时候,在路上看见一条两头蛇,他就把它打死,而且挖了个泥坑,把它葬了。

孙叔敖回到家里,就对他母亲呜呜地哭起来。母亲问他为什么哭,他说:"听见人家说:'看见了两头蛇的人,是活不久的!'我今天出门去,就看见了一条两头蛇啊!"

母亲接着问:"那条两头蛇在什么地方?"

他回答说:"我怕别人再看见它,再害别人,已经把它打死,葬在泥里了!"

他的母亲安慰他说:"你做得对!你做了这样的好事,谁都爱护你,不会让你死掉的!"

《新书》

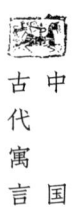

聪明的优孟

楚庄王喜欢养马,把那些心爱的马,都披上华丽的绸缎,养在漂亮的屋子里,搭大床给它们睡,还用枣肉喂它们。

有一匹马因长得太肥,死了,庄王就叫人给死马办理丧事,用棺椁成殓,一切排场都照大夫的丧礼办理。庄王的左右曾经劝过他,叫他不要这样做。庄王却始终不肯接受他们的意见,并且还下了一道命令:"有谁敢为了葬马的事,来向我说话,我就把他处死!"

优孟听了这事,就闯到王宫里去,仰天大哭起来。庄王看了,大吃一惊,问优孟为什么大哭。

优孟回答说:"那匹死了的马啊,是大王最心爱的!我们楚国是一个堂堂的大国,就应该有大国的体面,大王只用葬一个'大夫'的排场来葬它,照我看来,实在太不像样,应该用葬国王的礼节来葬它才对!"

庄王说:"照你说来,应该怎样呢?"

优孟说:"我看,该用玉石雕一具棺材,用梓树做一副外椁,发动大批兵士来掘个大坟坑,叫百姓都来挑泥担土。出丧的时候，叫各国的使节都来送葬，齐国、赵国的走在前面，韩国、魏国的走在后面；再给它造个祠堂，用全牛全羊来祭祀，封它一个最高的谥号。这样，大家就会知道大王把人看得很贱，却把马看得很贵重了！"

庄王听了优孟的话，就说："我的过失，难道真有这么大吗！现在怎么办呢？"

优孟就说："这有什么困难，把马肉烧得香喷喷的，请大家饱饱地吃一顿，不是很好吗？"

《史记》

软　毛

赵简子坐着船，在江上游玩，不觉慨叹地说："怎样才能得到一个贤士，陪我一同游玩呢？"

摇船的老汉古舟听了，就跪在赵简子面前对他说："大王！对于珍珠和玉石，你是知道得很清楚的，它们并没有长脚，它们为什么能从很远的地方，到你身边来

呢？这是因为你爱好它们的缘故。今天，长着两条腿的贤士，反而一个也不来，大概因为你心里不喜欢贤士的缘故吧！"

赵简子回答说："我有几千个食客，我把收来的赋税，全供养了他们，怎么能说我不喜欢贤士呢！"

老汉又说："鸿雁能飞得那么远和那么高，全靠那些长在翅膀上的羽毛。至于那些长在背上和腹下的软毛，即使多了一把，也不见得飞得更高些，更远些。拔了一把，也不见得就飞得近些，低些。今天，你门下那几千个食客中，是不是算得上长在翅膀上的羽毛呢？我看，恐怕只是一些背上、肚下的软毛罢了！"

《说苑》

中天台

魏王要建造一座很高的中天台。许多大臣都去劝谏，教他不要建造，魏王却不答应。为了免得麻烦，魏王就下命令说，要是有人再敢劝谏，就要杀了他。

许绾得了这个消息，就带了一把铁锹去见魏王说："听说大王要造中天台，我也愿意尽一把力！"魏王说："像你这样的人，能出什么力呢！"

许绾说："我虽然没有多大的气力，但是，我对于造中天台有个意见：听说，天和地相隔有一万五千里，大王如今要造半天高的台，就得离地七千五百里。这样高的台，台脚就得占八千里的土地；没有这样大的台基，台就没法立得住。不过，现在魏国所有的国土，还不够做台址。大王如果一定要造，就应该先出兵讨伐邻国，把它们的土地占了来。假如再不够，那就只得出兵去攻打远在天涯海角的国家。还有，既然要划出八千里土地作为台址，还得再有些土地给造台的工人住，而堆粮食堆木材，也要土地；再说得远些，也还得有更大的土地种上庄稼，出产一些粮食，不断地供给造台的人食用。这样，才可以放心大胆地动工！"

魏王听了许绾这番话，就把造台的事作罢了。

《说苑》

不说别人过失的人

高缭在晏子那里做了三年官,从来也没有办错什么事。有一天,晏子却突然把他辞退了。

晏子的左右觉得奇怪,便对晏子说:"高缭帮你做事,已经三年了,从来没有什么过失。你没给他奖赏,这也罢了,可是把他辞退,似乎太说不过去吧!"

晏子说:"我是一个不中用的人,正如一块弯弯曲曲的木料,必须用规矩来定方圆,用斧头来削,刨子来刨,才能造成一件器具。但是高缭呢,和我在一起做事,已经足足三年了。对于我的过失,却从来不曾说起过,这对我有什么好处呢?所以我把他辞退了。"

《说苑》

猫头鹰搬家

猫头鹰尽向东方飞行，飞得很疲乏，便停在树林里歇息。一只斑鸠也在那里休息，看见猫头鹰呼哧呼哧地透大气，便向猫头鹰说：

"你这么匆匆忙忙地赶路，上哪儿去呀？"

猫头鹰说：

"我想搬到东方去住。"

斑鸠追问：

"那是为了什么？"

猫头鹰说：

"西边的人，都说我的声音难听，都讨厌我。我在那儿住不下去，非搬家不可了！"

斑鸠说：

"搬家就能够解决问题吗？依我看，不管你搬到哪里去，都不中用！"

猫头鹰觉得斑鸠的话太武断，便惊奇地问：

"你怎么能未卜先知？"

斑鸠说：

貓頭鷹 撒家

"这很明白,如果你不能改变你的声音,东边的人自然也一样会讨厌你的!"

《说苑》

丑恶有什么可爱呢

赵简子手下有两个比较重要的臣子:一个叫尹绰,一个叫赦厥。

赵简子说:"赦厥可说是很爱我的!他从来不肯在众人面前批评我的过错。尹绰呢,却不是这样,老喜欢在大众面前指点我的缺点,这真使我难受!"

尹绰听了这话,不以为然,便说:"你这话错了!赦厥连你的丑恶也爱上了,所以从不留心你的过错,教你改过;而我呢,常常注意你的过错,请你改正,但决不爱你的丑恶!丑恶有什么可爱呢?"

《说苑》

各有各的本领

惠子要到梁国去做宰相,当他渡河的时候,失脚落入河里去了。幸亏船老大把他救了上来。

船老大问他:"你这么急急忙忙的,上哪儿去呀?"

惠子说:"梁国现在缺个宰相,我是去做宰相的!"

船老大说:"看你落了水,一点办法也没有!如果没有我,也许早就把性命丢了!像你这样的人,怎么能做一国的宰相呢?"

惠子说:"说到摇船、凫水,我的本领,当然不如你,至于治理国家大事,你怎能和我比呢!"

《说苑》

比　喻

有人在梁王前毁谤惠子:"惠子说话,爱用比喻,假使不用比喻，他就一定没法把事情说明白了。"梁王点点头说："对呀！"

第二天，梁王碰见惠子，便对他说："请你以后讲话的时候，就直截了当地说，不要再用那些比喻了。"惠子回答说："现在有个人，不知道'弹'是怎样的一种东西。如果他问你：'"弹"的形状是怎样的？'而你告诉他：'"弹"的形状就像"弹"'，那人听了会明白吗？"梁王说："那怎么能明白呢！"惠子接着说："那么如果告诉他，弹的形状像把弓，它的弦是用竹做的，是一种射具。这样说，就会明白吗？"梁王说："可以明白了。"惠子说："用别人已经懂的来比喻他所不知道的，目的是要使他懂得。现在，你叫我不用比喻，这怎能做得到呢？"

梁王说："你说得对！"

《说苑》

喝 彩

晏子逝世已经十七年了。

有一次,齐景公请他的部下来赴宴会。酒后,他们在一起射箭比武。景公拿起弓来,一箭射去,没有中的。他的部下却一齐喝起彩来:

"好呀,射得好呀!"

景公听了,很不高兴地沉下脸来,掷了手里的弓,深深地叹了一口气。

这时,恰巧弦章从外面走进来,景公就对他说:

"弦章呀,我真想念晏子啊!晏子死了已经十七年了,从此以后,就一直没有人肯指点出我的过失。今天,我射箭没有射中,那些人还是照样地喊好,照样地喝彩呢!"

弦章回答说:

"……我听说过这么一句话:'上行而后下效',国君欢喜穿什么,臣子就学他穿什么;国君欢喜吃什么,臣子也就跟着他吃什么。你不看见树上有一种叫作尺蠖(huò)的小虫吗?吃了黄颜色的叶子,它的身体就变黄了;吃了蓝颜色的,就变蓝了。像你这样不愿别人说你过失的人,还有人敢来指点你的过失吗?"

景公听了说:"好极了,今天我做了你的学生,你做了我的先生了。"

弦章回去不久,渔夫把大批的鱼献给景公。景公便吩咐一个太监把其中的五十车鱼转送给弦章。

送鱼的车子,长长地排列在弦章的家门前,弦章出来对押运的太监说:

"你回去,转告大王:从前晏子常常当面指出大王的错处,他的目的,并不是为了想得到大王的赏赐,而是想帮大王把国家治理好。现在的臣子呢,都一味向大王讨好,他射箭没有中的,也还是一样对他喝彩,他们的目的是什么,就是想吃到大王的鱼。我如果收了大王的鱼,和那些想吃鱼的人,有什么不同呢!"

《说苑》

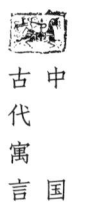

重鸟轻人

景公欢喜养鸟。一天,管鸟的烛雏不小心让一只鸟飞掉了。景公发怒了,要把烛雏处死。

晏子听到这消息,就赶去对景公说:"据我看来,烛雏犯了三桩该杀的罪。我且一桩桩地说出来,让烛雏听了,也叫他死得心服口服。"景公就答应了。

晏子说:"烛雏替我们大王管鸟,让鸟逃了,这是第一桩罪;烛雏使得我们的大王,因为逃了一只鸟,就要杀人,这是第二桩罪;这事给外国人听见了,必然要说我们的大王,把鸟看得比人命还重,这是第三桩罪。大王!现在,我的话说完了,马上杀了他吧!"

景公回答说:"不杀了,原来是我错了!"

《说苑》

好学的三个比喻

晋平公有一次对他的臣子师旷说:

"我的年纪大了,已经七十岁了,虽然很想求些学问,读些书,但是,总觉得'太晚'了!"

师旷就说:"时间'太晚'吗?为什么不把蜡烛点起来呢?"

平公说:"我和你说正经话,怎么,你竟和我开起玩笑来了!"

师旷说:"我做臣子的,哪里敢和大王开玩笑。说实在的,一个人在少年时候好学,他的前途就像早晨的太阳,辉煌而灿烂;壮年时候好学,还像正午的太阳,还有半天的好时光呢;到了老年,就只像蜡烛的火焰而已。蜡烛的火焰,虽然不见得怎样明亮,但是有了它,总比在黑暗中摸索要好些吧!"

《说苑》

骄傲自满

越石父本来是人家的奴仆。晏子把他从他主人那里赎了出来,并且叫越石父坐上自己的车子,一同回家去。

晏子到了家门口,也不向越石父打个招呼,就跳下车子,走进内室去了。

越石父对晏子这种态度,很是生气,立刻就想跑掉。

晏子把他留住,告诉他说:"我和你是素不相识的,你替别人做了三年奴仆,我看见了,把你赎了出来,我这样对待你,难道还有不够的地方吗?你为什么要和我绝交呢?"

越石父回答说:"我认为,在不了解我的人面前受到委屈,那是极平常的;但对一个了解我的人,要求就要高一些。而且,一个高明的人,决不因为自己对人有些功劳,就看不起人,也绝对不会因为别人对他有过功劳,就向人屈膝的。不错,我曾经做了三年奴仆,但因为那人是不了解我的,所以我并不见怪。如今,你把我赎了出来,我以为你总该是一个了解我的人了。哪里晓得,当我上车的时候,你也不讲礼貌——让一让座,我以为你那是偶然忘记了;现在到了你的家门口,你又独自走进内室,连招呼也不跟我打一个;你对待我的态度,实在和那个把我当作奴仆看待的人,差不了多少。假使我仍然做奴仆,那么,什么地方都可以去投靠,所以我要走了。"

晏子听了说:"从前,我仅仅看到你的外表,现在知道你纯洁的内心了。有人说过:'一个人如果能够悔改,就不必计较他过去的过失。'我愿诚心诚意地痛改前非,你能够不弃绝我吗?"

晏子就叫人打扫了厅堂,安排了酒席,恭恭敬敬地款待越石父。

越石父又说了:"用这种方式尊敬我,款待我,也是不适宜的,我实在不敢当!"

《说苑》

毛是附在皮上的

有一天,魏文侯出外巡游,在路上遇见一个乡下人,

身上穿着一件羊皮袍子,肩上掮着柴草。(那时平民的习惯,总把羊毛露在外面;他呢,却是相反,把皮板露在外面。)

文侯觉得奇怪,便问他说:

"你为什么反穿了皮衣掮柴呢?"

那人回答说:

"我为了爱护羊毛,不让它给柴草擦坏呀!"

文侯笑了笑,告诉他说:

"你可晓得,毛是附在皮上的。把羊皮擦坏了,羊毛怎能保得住,还不是要掉落下来吗?"

《新序》

谁该坐上座

有一家人,他家厨房里的那个烟囱,做得实在太直,所以烧饭的时候,就火焰直冒。而在灶门前呢,又偏偏堆了一大堆柴草。

有个邻居的老头,看见了这情形,便劝这家主人说:

"你家的烟囱,要快快拆修一下,让它拐一个弯,烧起火来,就不会火焰直冒了。你家的灶门前,又放了这么一大堆柴草,也是容易引火的,应该把它搬远些!"

邻家的老头,虽然这样提醒他,可是那家的主人,仍然不放在心上。

有一天,火星子落到柴草上,马上燃烧起来,房子也烧着了。幸亏邻人都赶来救火,才把火扑灭了。

失火家的主人,就办了酒席,酬谢那些来帮忙救火的邻人。在救火中受过伤的,特别是头上烧伤的人,都请他们坐在上座,却没有请老早就劝他修烟囱的那个老头。

坐席的时候,一个有见识的人就对主人说:

"……倘若听那个老头的话,早把烟囱修好,把灶前的柴草搬开,就不会发生火灾了。你今天请客,答谢救火的人,那是应该的;但依我看来,应该把那位事先提过意见的老头请来,请他来坐上座才对,为什么反而不请他呢!"

《汉书》

碰机会

从前有一个老人，生活非常困苦。

有人问他说："你的境遇为什么这样不好？"

老人回答道："这是机会不好！我活了这么多年，从没有碰到一次好机会。我年轻时是学'文'的，而且学得很好，可是那时节社会上都尊重老年人，轻视年轻人，年轻人即使有好学问也不会被人看重。因为我是年轻人，只得跟着倒霉。过了许多年，社会上又掀起了'尚武'的风气，于是我又去学'武'，等我学成了，我也老了，但那时的社会风气恰巧又变了——变为重视年轻人，不用老年人了。老年人即使有武艺，也不受人们重视。我这样的碰来碰去，就从来没有碰到过好机会。"

从这样看来，爱碰机会的人，结果是往往会"扑空"的！

《论衡》

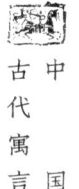

白头猪

辽东地方的猪猡,毛色都是黑的。某个养猪户家里的母猪,却生了一只白头的小猪。左邻右舍从没见过白头猪,都以为是一种难得的异宝。这家的主人听别人这么一说,就动了献宝的念头,将这只白头猪运到京城里去,预备献给国王。但走到河东地界一看,那边的猪,几乎全是白头的。他就只好心里说声"惭愧",把他那只白头猪,又运了回来。

《后汉书》

杯弓蛇影

有一天,乐广请他的朋友在家里大厅上喝酒。

那个朋友正在喝酒的时候,突然看见自己的酒杯里,有一条小蛇的影子在晃动。他心里很厌恶,可还是把酒喝下去了。喝下之后,心里到底不自在,回到了家中,就生起病来了。

隔了几天,乐广听到那个朋友生病的消息,和他得病的原因。乐广心里想:"酒杯里是绝对不会有蛇的!"于是,他就跑到那天喝酒的地方去察看。察看以后把原因找出来了。原来,在大厅墙上,挂有一把漆了彩色的弓,那把弓的影子,恰巧映落在那朋友放过酒杯的地方。

乐广就跑到那个朋友那里去,把这事解释给他听。这人明白了原因以后,病就立刻好了。

《晋书》

煮豆诗

魏文帝曹丕,常想谋害他的弟弟曹植。有一次,兄弟们都在一起吃豌豆。曹丕眉头一皱,又想出一个坏主意,限曹植在走七步路的短时间内,作出一首诗来;如果不能完成,就要重重地处罚。曹植一面踱步,一面想,正

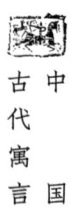

踱到第七步时,马上作出一首诗来了:

"煮豆燃豆萁,

豆在釜中泣,

本是同根生,

相煎何太急!"

魏文帝听了这首诗,自觉惭愧,只好把自己的恶计打消了。

《世说新语》

性急的人

王蓝田是个急性子人。

有一次,他用筷子去夹囫囵鸡蛋,蛋是滑的,他又性急,怎样也夹不起来。王蓝田恼怒了,就随手把鸡蛋掷在地上,可是没有掷碎,还在地上骨碌碌地滚个不停。王蓝田更怒恼了,就追上前去,用脚去踩。踩了几下,还是没有把那只在地上团团转的鸡蛋踩着。这使得他更火了,他就俯下身子，一手把鸡蛋抓了过来，也不管脏不脏，便塞到嘴里去，狠狠地把它嚼碎，又怒气冲冲地把它吐了。

《世说新语》

酒鬼的理由

孔群很爱喝酒，常常因为喝醉，把正经事误了。

他的朋友王导劝告他说："你为什么常常喝酒呢？酒是不宜多喝的！你看，酒店里那些盖酒坛口的布，往往不多久就霉烂掉，变成了破布，人常喝酒，不也很危险吗？"

孔群回答说："不一定是这样的吧！你没看见么，放在酒糟里的糟肉，不是不容易腐烂吗！"

一个不肯承认自己错误的人，他一定会千方百计地找出理由来，替自己的行为辩护！

《世说新语》

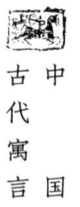

神 鱼

　　大路旁长着一株大树，树干上破了个大洞。逢到下雨天，树洞里就积满了水。

　　有一天，一个鱼贩路过那里，坐在树下休息，看见树洞里有积水，觉得很有趣，便随手放了一条活鱼在树洞里。

　　有一个行路人经过这里，看见树洞里有一条活鱼，觉得奇怪："树洞里哪来的鱼呢？这一定是一条神鱼。"

　　消息一传开，周围几十里的人，都赶来向这条鱼烧香、点烛，叩头祈祷。这地方便热闹得和市场一样。

　　有一天，那个鱼贩又走过这里，看见这情形，忍不住大笑说：

　　"什么神鱼！真是活见鬼！这条鱼，是我上次路过这里时放的。现在，我该把它带回去了。"

　　那个鱼贩就把那条鱼捉了去。

《异苑》

鸿雁还是鸿雁

鸿雁是种大鸟,飞得很高,站在地面上的人,很不容易辨别出它到底是什么鸟。

越国的野鸭很多,越国人看惯了野鸭,就往往把飞在高空上的鸿雁当作野鸭。

楚国的燕子很多,楚国人看惯了燕子,就往往把飞在高空上的鸿雁当作燕子。

尽管楚国人把它当作燕子,越国人把它当作野鸭,但是鸿雁还是鸿雁,决不能是野鸭,也决不能是燕子。

《南齐书》

折 箭

吐谷浑的国王阿豺,当他年老病重时,把他的二十个儿子召集在一起,又叫来了弟弟慕利延,嘱托后事。阿

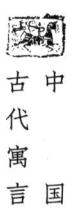

豺将一束箭交给慕利延说:"你抽出一支来,折断它!"慕利延就照他的吩咐,抽了一支箭,很容易地把它折成两段了。阿豺又说:"你再抽出十九支来,并在一起,把它们折成两段!"慕利延对这十九支箭,用尽气力,怎样也折不断它们!

这时,阿豺就对他那些在场的儿子说:"你们懂得这个道理吗?单独一支箭,很容易被人折断;如果把许多箭合在一起,那就很难折断它了!你们如果能够勠力同心,也就可以保卫国家的安全了!"

《魏书》

徒手搏虎

有个猎户人家的孩子,叫可悉陵。他气力大,胆子也大。

十七岁那年,他在山上发现了一只老虎,就冲上去把老虎活活地捉了来,送去献给国王。

国王佩服他的勇敢,却也不赞成他的鲁莽,因此,就对他说:"你本领真大,谁也不及你,可是,你应当爱惜你的本领,将来好替国家出力。只是为了显显你的本领,徒手和老虎拼性命,可有点不值得!"

《魏书》

要钱不要命

永州人善于游水。有一天,河水暴涨,水势很急。同村的五六个同伴,因为都识得水性,所以还是乘了小船,横渡到对岸去。哪知到了河中间,小船破了;破了他们也不怕,就索性跳下破船游泳过去。但其中的一个,虽然拼命地向前划去,总是游得很慢。

他的同伴就问:"你是个游水好手,比我们都强,今天怎么啦,老是落在我们后面?"

这人就说:"我腰上缠着一千大钱,很重,所以就落后了!"

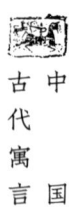

"解下来,丢了!"同伴们都劝他。

这人已经筋疲力尽了,可还是摇着头,舍不得这一千大钱。

有的已经爬上岸了,看见这人马上要沉下去,就大声喊道:"快把钱丢了!你为什么这样愚蠢,性命也快要没有了,还舍不得这几个钱!"

可是这人还是舍不得钱。不久,他就沉下去溺死了!

《柳河东集》

贵州的驴子

贵州人向来不养驴子;有个好奇的人,却在外面买了一头,用船载了回去。可又派不了什么用处,就把它放在山下,让它自己去寻食。有一天,来了一只老虎,一看驴子比自己还要高大,就以为一定是个怪物,便不敢暴露自己,只躲在密密的树丛里偷看。有一天,老虎正在打量这驴子,忽然驴子大叫了一声,老虎以为是咬它来了,吓得屁滚尿流，逃了好多路。可是再走近来看看驴子，却也没有什么特别的地方；就是它那种宏大奇特的叫声里，也似乎并没有包含着什么企图。于是老虎就再走近些，从正面看看驴子，从后面看看驴子，觉得也没什么可怕的；但还不敢马上扑过去咬它。于是又走近一些，走到驴子身边去。看看驴子既不追来，也不逃走，便挨近驴身，靠它一下，挤它一下，兜头冲它一下，用前脚扑它一下。驴子到底光火了，拿出它的看家本领，用后腿一弹。这时候，老虎可看透驴子了。它想："原来就只有一手！"于是猛然一扑，把驴子掀倒，咬断它的喉管，吃了它的肉。

《柳河东集》

用骗术的猎人

在兽类里，鹿是怕䝙（chū）的，䝙是怕虎的，虎是怕罴（pí）的。罴的头上披着长毛，能像人那样直立起来，而且力气很大，所以也最厉害。

楚南有个猎人,他的猎技并不高明,可是他能用一个竹器吹出各种野兽的叫声,哄骗像鹿那样喜欢和同类在一道生活的兽类,把它们引来,然后出其不意地用弓箭射死它们。

有一次,他照例吹出鹿叫的声音,招引鹿群;却被貙听到了,貙就跑来吃鹿。这猎人发了慌,连手上的弓箭也抖落在地上了。心想:貙是怕老虎的,只得用老虎来吓它,便吹出老虎的叫声来吓貙。貙倒果然被吓跑了,却跑来了最厉害的想吃老虎的罴。这猎人再也没法可想了,罴就一把抓住他的头发,把他吃了。

《柳河东集》

糊涂的小鹿

有个临江人,在打猎时捉到了一只小鹿,便带回家来。一进门,家里所养的几只狗,就摇着尾巴,流着口涎,打算乘机吃了这只小鹿。主人看这情形不对,马上把狗赶走了。但他觉得要人来保护小鹿，总是麻烦的，不如让狗和小鹿搞熟，让狗来保护小鹿才对。从此，他就每天抱着小鹿去和狗接近，表示主人是爱小鹿的，不能咬它。后来就逐步地放下小鹿，让它和狗在一处游戏。过了好久，狗都没敢欺侮小鹿，小鹿也便忘了自己是小鹿，还以为狗是它的好朋友，常常和狗在一处游戏：有时用嘴亲一亲狗的身体，有时自己躺下来，用小脚拨拨狗的下巴。狗呢，虽和小鹿嬉弄得很亲热，可还是想吃小鹿的肉；只因为怕主人，便只好咂咂嘴，咽咽馋涎算了。

过了三年，小鹿已长大了许多。有一天。它独自走出门外，看见好多别家的狗在路上来往，它就走过去，想去戏弄它们一番。狗们看到这傻头傻脑的小鹿，觉得又好气又好笑，便一起围拢来咬死了它。小鹿直到断气，还不知自己是为什么死的。

《柳河东集》

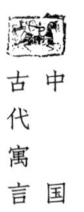

单靠医生治不了病

柳宗元生了痞病,去请医生诊治。医生说:"这个病不要紧,吃些顶好的茯苓就好了!"柳宗元便到药店里去买了来,煮了吃下去。但吃下去后,病不但没有减轻,反而厉害起来了。柳宗元以为医生误用了药,便去责问医生。医生不信,就亲自跑来验看煮过的药渣。一看,并不是茯苓,却都是经过剔刮、染过色的老山芋干。

医生叹了一口气说:"卖药的是个骗子,吃药的又不识货,单靠医生是治不了病的!"

《柳河东集》

自鸣得意的老鼠

有个迷信很深的永州人,以为自己是子年生,肖老鼠的,便爱上了老鼠。家里不养猫,又禁止家人打老鼠,于是他家的谷仓和厨房，就任凭老鼠作怪，从不过问。老鼠知道了主人的心意，便如此这般地告知自己的亲友，这些亲友又去告知自己的亲友，于是大家都上这里来了。这就弄得家里没有一样完整的家具；衣架上没有一件完整的衣服；吃的喝的，也都是老鼠吃喝剩的；白天，老鼠和人一样跑来跑去；夜里，那就格外嚣张，整夜咬咬啃啃，吵吵闹闹，弄得人不能安枕。

过了几年，这户人家搬走了，来了新主人。老鼠们还是照样胡作非为。这可把新主人气坏了，便借来五六只猫，请来几个人，然后关上门，上面拆开屋瓦，下面用水灌洞穴，使所有的老鼠都没处安身，于是放出猫去咬，又用网来捉。杀死的老鼠，简直堆得像座小山似的。

《柳河东集》

鸩（zhèn）鸟和毒蛇

鸩鸟遇见了一条毒蛇，便去啄它。

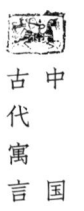

毒蛇连忙说:"快不要吃我!人们都说你是最厉害的毒鸟,所以一听见你的名字,就摇头吐舌,吓得汗毛直竖。你们的毒是从哪里来的?就因为吃了我们,我们的毒,都传到你们身上去了。假如不吃我们,你们身上就不会有毒,人们也不会厌恶你们了!"

鸩鸟笑了笑,说:"闭上你的臭嘴!人们所厌恶的,就是你们,因为你们要咬人!我们呢,不但不毒害人,还给人们除害哩,所以,还有人养了我们来吃毒蛇的。至于拿我们的羽毛去毒害人,那是人们的事,和我们有什么关系。告诉你:我是容不得你们的。任你花言巧语,决不能放过你!"

毒蛇再也答不上话,就被鸩鸟吃了。

《无能子》

把兔子当作野猫的同类

江直木隐居在庐山。有一次,他家那只报晓的雄鸡被野猫咬死了,江直木很气愤,立誓要替雄鸡报仇。于是他手里拎了一串钱,坐守在路边。遇到猎人拿了猎获的兔子走过,就把它买下来,斩得七零八碎地拿去祭鸡。

有人告诉江直木:"这是兔子,不是野猫!"

江直木却认真地说:"就算不是野猫吧,可也是和野猫同类的。"

《事实类苑》

怕后生们笑我

欧阳修是宋朝一个有名的文学家。到了老年,他想把自己所写的文章,编成一本集子,因此又把那些文章,重新修改一番。他虽然年老了,但对于修改工作,还是做得非常认真,常常弄到深更半夜,不肯歇手。

他的夫人就打趣他说:"你又不是小学生,你这么认真地写文章,难道还怕先生责怪吗?"

欧阳修却一本正经地回答说:"是啊!我已经这么大

年纪了,自然不会有什么先生来责怪我了;可是我这个集子,是要留给后代人看的,我这样认真修改,就怕文章里还有毛病,怕后生们笑我呢!"

《晏简》

真货不如假货

石才叔家里藏着一本唐朝名书法家所写的字帖。这是很名贵的;石才叔虽然贫寒,却不舍得把它卖去。文彦博在长安做统兵官时,把这字帖借了去,叫自己的子弟临摹了一本。

有一天,文彦博请部下的官吏宴饮,把真本和临本一道拿出来,叫客人们分辨真假。不用说,临本要比真本差得多,但大家却都说原本是假的,而临本却是原本。

这时石才叔也在座,他却不加以分辩,只是对文彦博不乐意地说:"我看,因为我穷,真货也成为假货了!"

《玉照新志》

"只是手法熟练罢了!"

陈尧咨善于射箭,是当时的第一个能手。别人这么推许他,他也自以为了不起。有一天,陈尧咨在自家的场地上练习射箭,旁边站着许多看客。一个卖油的老人,也挑了油担,停在场地边呆看。陈尧咨果然射得不差,不但箭箭中的,而且十箭中总有八九箭穿过靶子,因此看客们都一齐拍手叫好。只有这个卖油老人,只是略微点了几下头,表示他并不十分惊奇。

陈尧咨见他这么轻视自己,便问这卖油老人:"你也会射箭吗?"

"我不会射箭!"卖油老人放下担子,摇着头回答说,"不过,依我看来,你虽然射得很好,但也没有什么特别的地方,只是手法熟练就是了!"

陈尧咨简直有点发怒了,便说:"你这老头,你既不会射箭,又这么小看人,真是太'岂有此理'了!"

"先生,请不要发怒!"卖油老人不紧不慢地说,"我是卖油的,也从酌油上得了一点小经验,现在请你看一看吧!"

卖油老人随手把一个盛油的葫芦放在地下,用一个铜钱按在葫芦口上,然后用油杓子将油从钱眼里沥下去。沥下许多油,可是一点也没有沾在钱眼上。

"你看!这也没有什么特别的地方,只是手法熟练罢了!"卖油老人抬起头来,笑着对陈尧咨说。

从此以后,陈尧咨再也不敢以射箭能手自居了。

《归田录》

另开一个大池子

王安石做宰相时,有人想讨好他,献了一条计策:"假如把梁山泊内的水都放出,就可以多出八百方里的土地;把这些土地变成良田,就可以多收几千万石的粮食;这是一件大好事。"

王安石听了,很是高兴,便问道:"可是把水放到哪里去呢?"

当时有个喜欢说笑话的刘贡父正坐在旁边,就回答道:"水是没处可放;假如相公一定要把梁山泊变成良田,那么就在旁边另开一个八百方里的大池子吧!"

《邵氏见闻录》

仙鹤生蛋

彭几家里养着两只鹤,他把这两只鹤称为"仙"鹤。每逢客人到他家来,他总要陪客人去观赏一下他的"仙"鹤;而且宣传一番鹤之所以称"仙"的理由。他说:"凡是禽类都是卵生的,只有'仙'鹤才是胎生的。"

有一天,他正陪着客人去看鹤,而且乘机宣传胎生的那套大道理,一个管理"仙"鹤的园丁上来告诉他:"主人!你的'仙鹤'昨夜生了一个蛋!好大啊,差不多有梨子那么大呢!"这把彭几弄得脸孔红通通的。可是他还是不相信,大声地责骂园丁:"你胡说八道,胆敢诬蔑我的'仙'鹤!"骂声才停,只见另外的一只鹤,张开两翼,一动不动地伏在地上。彭几觉得奇怪,拿他的拐杖去吓它,

想叫它站起来。鹤是站起来了，可是在鹤屁股后落下了一只梨子那么大的鹤蛋。

到这时候，彭几就应该醒悟了吧！可是他还以为鹤原来是胎生的，只是现在吃了凡间的东西，所以变了样子。于是摇头叹气地说："唉！真是一代不如一代，连鹤也变了样子了！"

《冷斋夜话》

修剃眉毛

还是这一位彭几。有一天，他看见了范仲淹的画像，便连连拱手说："敬佩！敬佩！新昌布衣彭几拜谒！"之后，他便对着画像仔仔细细地看了一番，自言自语地说："一点不错，有特殊德智的人，相貌也一定是特殊的！"接着，拿镜子照照自己的脸孔，又捋捋自己的胡须，得意地说："大体上是很相像的了，只是我这耳朵里少了几根毫毛！不过，这不要紧，再添几岁年龄，自然会有的。"

后来，他又到庐山太平观去游玩，看见唐朝名人狄仁杰的画像。他一面恭恭敬敬地拜了几拜，一面自言自语地说："宋朝进士彭几谨谒！"之后，自然又要对画像仔仔细细地观看一番。这次却发生了一些麻烦。原来狄仁杰的眉毛是很长的，眉梢一直插到鬓边；而他自己的眉梢呢，却是向下弯的。回家以后，他就拿剃刀把眉梢修得尖尖的，好像正要向鬓边斜刺上去的样子。家人见了他那副怪相，不免惊奇、发笑。这可使彭几光火了。他说："这有什么可笑的！我没有耳毫，这是天意，无法可想的！至于修剃眉毛，我是想叫它照着我的意思向上伸，不要弯下来，要它像狄仁杰一样，一直向鬓发边长上去！"

《墨客挥犀》

吃肉吃昏了头脑

甲乙两人不太聪明，而家里也不富裕，于是他们怀疑自己不聪明，怕是由于自己的食物太差的缘故。他们想：

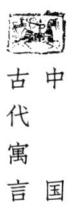

假使像富贵人家那样多吃些肉,就一定会聪明起来。有人不相信这种说法,就打赌说:"假如这是真的,我倒愿意出点钱给你们试一试。"便出钱买肉给甲乙两个人吃。过了几天,甲就对乙说:"果然,吃了肉后,我就明白了许多道理。譬如,人的脚掌为什么向前伸呢?就因为怕被后面的人踏住。"乙也说:"我也大有进步。我觉得鼻孔向下是很好的,假使向上,下雨时不就要灌进水去吗?"

艾子听了他们的议论,感慨地说:"我看,吃肉、享受富贵的人,倒都是不聪明的。这两个人,以前只是不太聪明罢了,而现在,倒是更加胡说八道了!这不是明证吗?"

《艾子杂说》

相差不多

齐国有个富人,家产不计其数。他的儿子实在愚笨之极,但这富人却自夸他儿子的多才多能,懂得社会上的各种事情。艾子说:"你既然这么说,我倒想试他一试。

假使令郎知道米的来源，那就算我有眼无珠。"这富人就把他的儿子叫来，叫他回答这个问题。

儿子冷笑一声说："这有什么难回答，还不是用布袋装来的？"

做父亲的直摇头，皱了皱眉头说："别的都懂，就是这事糊涂了！告诉你，米是从田里来的！"

艾子心里暗笑着说："好聪明的人！田难道自己能生出米来吗？依我看来，这样的父亲和这样的儿子，只是程度有点不同，相差却也不多罢了！"

《艾子杂说》

把鸭子当作老鹰

打猎就得有帮助攫取飞禽走兽的老鹰。有个喜欢打猎的人，想买一只老鹰，可是他不认得老鹰是什么样子的。他看见有人在那里卖鸭子，以为就是老鹰，就买了下来，出发去打猎。

忽然面前跳出一只兔子，他就把鸭子向上一掷，叫它去追兔子。鸭子是不会飞的，便跌落在地上。再掷，再一次跌在地上。正想再掷，这鸭子便歪歪斜斜地站起来说："老兄，我是鸭子，不是老鹰呀。杀了我，吃我的肉，倒是我的本分，我可吃不消你这么一掷二掷的！"

"我还以为你是老鹰呢，却原来是鸭子。"这猎人诧异地说。

鸭子举起自己的掌子，笑着说："你看看这样子，可像是能够捉兔子的？"

《艾子杂说》

瞎子问太阳

从前有个瞎子，从来没有见过太阳，所以也不知道太阳的样子。

有人拿来一个铜面盆，敲了敲，告诉他说："喏！太阳呀，是圆的，和铜面盆很相似！"瞎子哦了一声说："原

来如此，我知道了！"

过了几天，瞎子听见人家打钟，便问："这不是太阳吗？"旁人说："不是！太阳还有光亮呢，像点的蜡烛一样。"同时，还拿蜡烛给他摸了摸。瞎子恍然大悟地说："原来如此！现在，我完全清楚了！"

过了几天，瞎子摸到了一支箫，他又以为就是太阳，问道："这是太阳吗？"

说来说去，瞎子到底还是没有弄清楚太阳是个什么样的东西。

《苏轼文集》

盲目崇拜

苏东坡住在岐山下时，听说河阳县的猪肉味道特别好，就特地差人到河阳县去买猪。这差人是个酒鬼，起初因为受了苏东坡的警诫，倒是一点酒也没喝，小心在意地做事，所以一路上都还顺利，没有出什么岔子。可是一

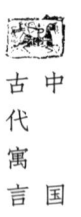

等买好了猪,而且快要到家的时候,他到底熬不住了,便放量大喝起来。这一来,就出了毛病;当他喝醉睡着的时候,猪都逃走了。追寻既然追寻不着,却又不敢空手回去,他就只好自掏腰包,在岐山附近买了几只猪去冒充了。

为了吃美味的河阳猪肉,苏东坡特地发了许多请帖,请了许多客人。苏东坡是当时的名人,客人们觉得他的话是不会错的,于是每个客人都称赞河阳猪肉的好处,说它又香又肥又美,等等。可是正在大家赞不绝口时,却有人来通报说:有几个老百姓要见苏东坡。苏东坡把老百姓叫进来一问,原来是老百姓把逃走的河阳猪送回来了。

客人们觉得很没趣,便一个个地溜走了。

《贤弈编》

丑人不识丑

有个丑人,却不知道自己是丑的。有一次,叫画工给他画肖像。他嫌画工画得不像,又叫画工重画。画工给改画了三四次，他还是不满意，说画工给他画丑了。画工也光火了，说："我已经尽量给你美化了，你却不承情。假如画得和你的尊容一样，那才丑死人呢。"

《道山清话》

米从哪里来

宋徽宗时的宰相蔡京，是个奸臣，因为贪赃、纳贿，家里很富有；也就因为这样，他家的儿孙，只知吃好的穿好的，却不知道衣食的来处。

有一天，蔡京和他的许多孙子在一桌上吃饭，他便问他的孙子们："你们天天吃饭，可知道米是从什么地方来的？"

其中的一个，不假思索地抢着说道："我知道，我知道，是从臼子里来的。"原来这个孩子虽然没有到过农村，却曾经到自家的碓房里去过，并且亲眼看见糙米在臼子里舂成白米，因此他便以为米是从臼子里来的。

而另一个却连碓房里也没有去过，只见过运进家来的米袋，而米袋是用蒲席做的。现在听说米是从臼子里来的，便大不以为然，马上加以辩驳："不是，不是，你说错了！米是从席子里来的。"

《独醒杂志》

囫囵吞枣

有个医生告诉人说："生梨对于人的牙齿有好处，但对脾却有害；枣子呢，正好相反，对脾有益，却于牙齿有害。"

有人听了这话，便说："我倒有个妙法，可以避免这些缺点！"

医生说："你倒说说看！有什么办法？"

那人就说："吃梨子的时候，我只是嚼，却不咽下去，这还会害脾病么！吃枣子呢，我就不嚼，一口吞下去，这还会弄坏牙齿么！"

《湛渊静语》

对老虎发命令

杨叔贤在荆州做官时，老虎常出来伤人。杨叔贤并没设法打虎，只是下了一道驱逐老虎的命令，叫人刻在很高的岩石上。凑巧这时那只老虎离开了荆州，杨叔贤以为他的命令生效了，非常得意。

不久，他被调到郁林做官去了。郁林地方的老百姓非常刚强，很不容易治理。杨叔贤以为刻在荆州岩石上的石刻既然很灵验，也许对镇压郁林的老百姓也有用，便托人到荆州去拓摹那个石刻。哪知这时荆州又出现了老虎，而且把几个拓摹石刻的人也咬死了。

《宋稗类抄》

打你就是爱你

有一天，丘浚去拜望一个和尚。这和尚见丘浚不是

做官的，对他似睬不睬很不客气。正在这时，来了一个高级官员的儿子，排场很阔绰，和尚马上换了一副笑脸，出去招待他。丘浚很讨厌这个和尚，等那个高级官员的儿子一走，便气愤地问道："你对我为什么这么不客气，对他为什么又那么客气呢？"

这和尚是有名的快嘴，马上就说："哈！你误会了！你还不知道我的脾气么？凡是我表面上对他客气的，就是内心里对他不客气；凡是内心里对他客气的，那就不必在表面上客气了！"

这时丘浚手里正拿着一根拐杖，就在和尚头上重重地敲了好几下。说道："照你这样说来，打你就是爱你，不打你倒是不爱你了；所以我只好打你了。请你原谅吧！"

《谐史》

大善士

大善士捉到了一只鳖，心里很想吃了它，可又不愿

自己动手杀它。于是把水烧沸了,在沸水锅上架了一根竹竿,对鳖说:"听说你爬得很快,我可有点儿不相信,假使你能从这根竹竿上爬过去,我就一定放了你!"

鳖明知道这大善士的用意所在,却也想死里逃生,便战战兢兢地勉强爬了过去。

大善士想不到这鳖竟有这样的本领,便改口说:"不错,真有本领!请你再表演一次!这次就一定放你了!"

鳖愤怒地说:"大善士!你要吃我,你就明说好了,何必这么转弯抹角呢!"

《程史》

清白和龌龊

赵子固是宋朝的皇家后代,宋被元灭亡后,他就不再做官,也不再回故乡,一直隐居在广陈镇。他的堂弟画家赵子昂,却投降了元朝,一直做到了翰林学士。有一天,赵子昂从他们故乡苕(sháo)溪来拜访赵子固。赵子固马上叫家人把大门关上，不许他进来。他的夫人再三劝他说："他既然远道而来，到底还算有点兄弟之情，怎么可以不见他呢！"这才许赵子昂从后门进来。坐定之后，赵子固也不讲别的，开口便问故乡的山川景色怎样。赵子昂马上回答说："好！好！和以前一样好！"赵子固就接着说："山川这么美好，你怎么对得起它们啊！"

赵子固说了这句以后，就一直默默地坐着不再说话。赵子昂觉得没趣，也就马上告辞走了。赵子昂一走，赵子固怕赵子昂坐过的椅子上留着腥臊，马上叫家人用水洗刷一番。

《乐郊私语》

奉　承

有个穷人，从来也不肯奉承富人。富人问他："我是富人，你为什么不奉承我呢？"

穷人说："你有你的钱，你又不肯白白地给我，我为

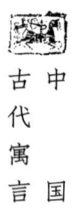

什么要奉承你呢?"

"好吧!我把我的钱,拿十分之二给你,你奉承我吗?"

"这还是不公平,我还是不奉承你!"

"那么,分一半给你,你总肯奉承我了吧?"

"那时节,我和你是平等了,我为什么要奉承你!"

"那么,全给了你,总应该奉承我了!"

"那时节,我已是富人,也用不着奉承你了。"

《艾子外语》

亲戚朋友

艾子和朋友并肩走在路上。有人坐着轿子,迎面而来。那朋友把艾子一把拉到路边,说:"这是我的一个亲戚,省得他下轿来招呼我,我们且躲在路边避一避吧!"走得不久,又有人坐着车子,迎面而来。那朋友又把艾子拉到路边,说:"这是我的好朋友,省得他下车来招呼我,我们且躲在路边避一避吧!"

一路走来,那朋友总是那么一套话,那么一种行动。

走着走着,前面来了一个弄蛇的,又来了一个变把戏的,他们都穿得破破烂烂,很不体面。艾子也学着他朋友的那一套,避在路边,说:"这是我的亲戚!""那是我的朋友!"

那朋友对艾子说:"你哪来这许多穷亲戚,穷朋友?"

艾子说:"富的贵的都被你认去了,我还有什么办法呢!"

《艾子外语》

吹　牛

赵国有个道士,喜欢说大话。有一次,艾子问他:"你多大岁数了?"

道士哈哈大笑,说:"连我自己也忘记了!只记得我做孩子时,曾经和小伙伴一道,亲眼见过伏羲画八卦。伏

羲的头倒是个人头，身体却像蛇，吓得我生了场大病，后来吃了伏羲的草头药，才算没有死。女娲那时，天塌了西北方，地陷了东南方，我那时恰巧住在正中央，总算没有受到影响。等到神农培植了五谷，我那时已经不吃烟火食了。蚩尤制造五兵，居然想来侵犯我，我只用一个手指，在他头上轻轻地敲了一下，敲得他血流满面，马上逃走。仓颉起初不识字，曾经来请教我，我还不肯收他做徒弟呢！至于尧，他满月时，我还吃过他家的汤饼。舜小时，常被他父亲打得大哭，我还给他揩过眼泪。夏禹治大水时，走过我家大门，我想请他喝蛊酒，慰劳他一下，他说治河要紧，匆匆地走了。纣王硬要请我到他的酒池里去喝酒，我不肯，他把我放在炮烙上烤了七日七夜，我还是说说笑笑，毫不在乎，他才把我放了。姜家的那个小孩，钓得了鲜鱼，总要送给我几条，我就拿它喂我的黄鹤。西王母请客，总是叫我坐首席；她的桑落酒真好，醉得我现在还是昏昏沉沉的。因此，我忘记现在到底有多少年纪了！"

过了几天，赵王因为从马上掉下来，把腰跌伤了。据医生诊断，要千年的血竭才能医好。可是哪里有千年的血竭呢！

艾子和赵王说:"现在正有一个道士,听说已经几千岁了。杀了他,拿他的血来治病,不是更好吗!"

赵王大喜,便叫人把道士捉了来,预备杀了他,取他的血。

道士连忙叩头求饶,说:"说实话,昨天是我父母的五十岁生日,东邻的一位大妈,送来两瓶酒,我喝醉了,就糊里糊涂地说了许多大话。大王决不可轻信艾子的话。"

赵王把道士骂了一顿,将他赶了出去。

《艾子后语》

阉 羊

艾子家里养了两只公羊。公羊喜欢斗角,遇见陌生人,也要侧着头用角来触人。在艾子家来往的学生,常常被触伤。

学生们和艾子商议:"公羊生性凶猛,所以要触人,假使把它们阉了,性格就会变得驯良一些,决不会触人了!"

艾子笑了笑,说:"不对,如今阉了的,不是更凶猛吗?"

《艾子后语》

屠 狗

艾子吃了早饭,在门外散步,看见他的邻人,挑了两只狗到市上去。

艾子问道:"你挑了狗到哪里去?"

邻人回答说:"卖给杀狗的!"

艾子说:"这是你家的看门狗,怎么把它们杀了?"

邻人指指他的狗骂道:"这两只畜生,只知道吃饭,家里来了强盗,它们一声也不叫,来了小偷,仍是一声也不叫。今朝刚刚开了门,来了几个客人,它们却汪汪地乱叫,还咬伤了客人,所以我只好将它们杀了。"

艾子点点头说:"你杀得对!"

《艾子后语》

医驼背

有个自称能治驼背的人,招牌上写着:"无论驼得像弓那样的,像虾那样的,像淘箩、像饭锅那样的,经我医治,着手便好!"有个驼背的信以为真,就请他医治。

他既不开药方,也不叫吃药。他所有的医疗器具,就只是两块夹板,把一块放在地上,叫驼背趴在上面,用另一块压在驼背的身上,然后用绳索绑紧。接着,便自己跳上板去,拼命乱踩一番。结果,驼背算是给弄直了,人也"呜呼哀哉"了。

驼背的儿子,和这医生评理,这医生却说:"我只管把他的驼背弄直,哪能管他的死和活!"

《雪涛小说》

忌　讳

南京上清河边一带，堤岸常被猪婆龙拱坍，明太祖朱元璋问他的大臣们："这是什么原因？"

大臣们知道朱元璋的忌讳很多，犯了他的忌讳，要被杀头，所以说话非常小心。他们认为"猪"和"朱"同音，一定说不得；假使说：拱坍堤岸的乃是"大鼋"，那么，"大鼋"和被朱元璋所灭亡的"大元"同音，朱元璋听了一定很高兴。于是就说："拱坍堤岸的乃是'大鼋'！"

朱元璋便下命令，要将所有的大鼋都捉个净尽。

大鼋是捉完了，可是猪婆龙还是照样把堤岸拱坍。

《雪涛小说》

做　梦

秀才犯了学规，被学博捉了去。学博怒气冲冲地坐

在堂上等着,预备狠狠地惩治这个秀才。

秀才知道这学博平常很严厉,求饶也是枉然,便心生一计,预备捉弄学博一番。他恭恭敬敬地走去跪在学博面前,不说别的,只说:"学生本想早来投案的,只因正好得了一千两银子,要设法安排,所以来迟了。"

学博一听秀才有一笔大收入,心一动,怒气早已消了一半。问道:"这笔钱是从哪里来的?"

秀才回道:"是从地下掘出来的!"

"那么,你预备怎么安排呢?"

秀才说道:"学生家里本来很穷,和妻子商量的结果,想用一半的钱买田地,二百两买地造屋,一百两买器具,一百两买丫头、童仆……"

学博以为会送他一点钱,急忙问道:"还有一百两呢?"

"一半买书籍,预备立志用功读书了。"

"余下的五十两呢?"学博担心地问。

"这五十两就送给你先生,报答先生平日教育的大恩。"

"这样的话,我实在不敢当。"学博满意地说。

学博吩咐家人预备酒菜,留秀才在家里吃酒。吃酒中间，师生两人，有说有笑，都非常高兴。后来学博还是念念不忘那五十两银子，问秀才道："你急匆匆地到这里来，那笔银子已经收拾妥当了吗？"

秀才立起身，说："学生正好把银子分配定当，却被内人弄醒了，一看银子，早已不在眼前，所以也不用收拾了。"

"那么，你说的，原来是做梦？"学博着急地问。

秀才慢条斯理地说："我本来说的是做梦。"

学博心里非常失望，也非常愤怒，却又不便立刻变脸，只好酸溜溜地说："承情！承情！难得你在梦中还记得我！"

《雪涛小说》

不认输

有个楚国人不知道姜是怎么生长的，却说是在树上结的。

有人告诉他说:"姜是在地里长起来的!"

他却不信,说:"我和你打赌!我用这头驴子作赌注;假使问十个人,十个人都说是地里长起来的,我就输给你这头驴子!"

问了十个人,都说是从地里长起来的。

他却强辩说:"这头驴子就算输给你吧!可是姜还是树上结的!"

《雪涛小说》

冒充内行

有个北方人到南方做官。北方没有菱,所以他从来也没有见过。有一天,筵席上有一盘水红菱,他觉得鲜红可爱,便把菱带壳吃了。

有人告诉他说:"应该把壳剥了吃!"

他明知错了,却不肯认错,反而捏造出一条理由说:"你们不知道么?这样吃,是可以清火的!"

于是又有个人问他:"北方也生产菱么?"

他便随口说:"多着呢,山前山后都是的!"

《雪涛小说》

与我无关

一个喜欢吹牛的外科医生,自称能治疑难杂症;一个武官在阵上中了箭,去请他医治。

医生用一把很快的剪刀,把露在外面的箭杆剪去。认为医治已完,就向武官要谢礼。

武官说:"箭镞还在肉里,怎么办呢?"

医生说:"你去请内科看吧!这不在外科的范围以内。"

《雪涛小说》

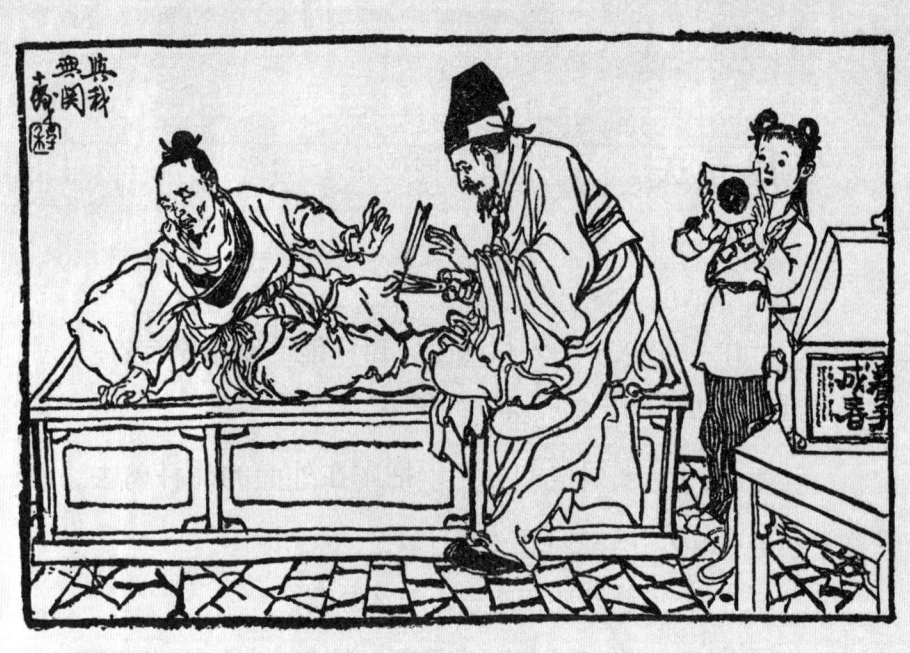

发　誓

　　有个贪官，表面却装得非常清廉。初上任时，曾经对天发誓说："若是左手要钱，就烂我的左手；若是右手要钱，便烂我的右手！"

　　上任以后，有人送给他一百两银子。心里很想接受下来，却又推辞说："这可动不得的，我曾经发过誓，哪只手拿银子，便烂哪一只手！"

　　他手下的人，早看出他的心意，便给他想出一个办法来，说："把银子放在你的袖管里吧！这样，就是要烂，也只烂一只袖管。"

　　贪官认为这办法很妥当，便依计而行了。

《雪涛小书》

天气不正

一个寒夜里,将军在营帐内饮酒。两边点着大蜡烛,身前生着火炉子,再加酒力在身体里发热,于是头上便冒出汗珠子。将军一边拭汗,一边叹气说:"天气太不正常了,应该是寒天了,却还是这么热!"

有个兵士在营帐外站岗,被冷风吹得咯咯地发抖。他听见将军的话,便进来跪禀说:"小人站的地方,天气倒是还正常的,大人不信,不妨去试一试看!"

《雪涛小书》

别字先生

古代人常把"大"字当"太"字用,"行"字也可以读"杭"字的声音,所以"大行山"应读作"泰杭山。"

有个财主,识字不多,而且自以为是。因为许多人

把"大行山"读作"泰杭山",便说别人读了别字。别人和他争论,他还是不服。他提议说:"这里有个博学先生,我们可以问他去。假如你们读错了,你们就请客。"

他们就去请教博学先生。

博学先生对财主说:"你读得不错,是他们输了!"

输了东道的人都说:"我们因为你见多识广,而且也佩服你的品德,所以才来请教你。料不到你也偏护财主!"

博学先生笑了笑说:"和这种人是说不清楚的。你们只是输了请一次客,却叫他一生做个别字先生,不也值得吗!"

《笑赞》

过手便酸

苏秦游学归来,没有得到一官半职,苏秦的父母很不喜欢他,因此也不喜欢苏秦的妻子。

有一天,正是苏秦父母的诞辰,儿媳们给他们祝寿。苏秦的哥哥捧杯去敬酒,二老都说:"好酒!好酒!"等到

苏秦上去敬酒,二老却都骂道:"这样的酸酒,亏你有脸拿来祝寿!"

苏秦的妻子认为,也许真是酸酒,便向伯母家里借了一杯酒,拿去祝寿,不料二老还是摇头说道:"好酸!好酸!你家的酒都是酸的!"

苏秦的妻子说:"这酒是特地向伯母家借来的,绝不会是酸的。"

苏秦的父亲便骂道:"你这不行时的人,就是不酸的酒,一经过你的手,也便会酸的!"

《雪涛小书》

石敢当

路边的一个"石敢当",忽然说起话来。地保为了讨好县官,马上跑去报告县官。县官叫他把"石敢当"背了去。

到了县衙里,"石敢当"却不说话了,再三地问,还是默默无言。县官把地保打了十大板,骂道:"你这奴才,无事瞎报!哪有'石敢当'会说话的,分明是你造的谣!"

地保把"石敢当"背回来。路上碰见一个熟人,这熟人便问地保:"事情怎样了?"

地保恨恨地说:"这冤家到了县衙门,偏偏不说话了,害我挨了五板!"

"石敢当"却又说起话来了:"谁叫你老是遇事生非的!你还瞒下了五板呢!"

《笑赞》

兄弟合买靴

兄弟两人合股买了一双雨靴。做哥哥的时常出门,穿靴的时间比较多。弟弟非常气愤,等他哥哥睡了,便穿了雨靴,在堂屋里"踢里踏拉"地拖来走去,竟将雨靴拖破了。

后来,做哥哥的和弟弟商量,再合钱买一双新的。

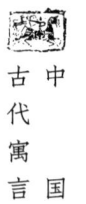

阿弟回答说:"我不赞成!我不再上你的当了。害得我夜里也不能安睡!"

《笑赞》

反怪别人

张商英喜欢写草体字,写到得意时,便随意瞎写。有一天,他将草稿交给他的侄子去誊写。他侄子把草稿细细地认了一遍,还有许多字不认识,便去请问张商英。张商英横看竖看地看了好久,还是认不出来。却责怪他的侄子说:"你何不早点来问?现在,连我自己也不认识了!"

《笑赞》

笑的一定不错

有个瞎子,和许多人坐在一处。别人偶然看见某件可笑的事情,一齐笑了起来。瞎子听见别人都在发笑,他也跟着大笑。别人问他为什么而笑。瞎子说道:"你们都是我的朋友,笑的一定不会错,所以我也笑了!"

《笑赞》

东坡肉

苏东坡是宋朝的文学家,许多人都敬仰他。

有个冒充风雅的人,也说自己是崇拜苏东坡的。

别人问他:"你是崇拜他的诗呢,还是散文,还是他的书法?"

这人说:"这些,我一样也不喜欢;我只喜欢吃'东坡肉'。"

《雅谑》

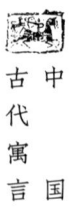
中国古代寓言

古 琴

　　一个古琴名手,以为自己的技艺了不得,便到市场上去献技。市场上的人,以为是弹琵琶、操月琴的,便争先恐后赶来,把他团团围住。可是古琴的声音很轻,而人声又非常嘈杂,所以琴声一点也听不见。人们陆续散去了,只有一个人还是呆呆地站着。古琴名手以为他是自己的知音,便恭恭敬敬地问道:"我弹得怎样?请你批评!指教!"

　　那人便说:"你搁琴的这张桌子是我的,我准备搬回去!"

《雅谑》

矮 凳

　　迁公家里有一只很漂亮的矮凳子,他老喜欢坐在这只矮凳上看书写字。

　　可是凳子太矮,桌子太高,趴在高桌子上写字很费

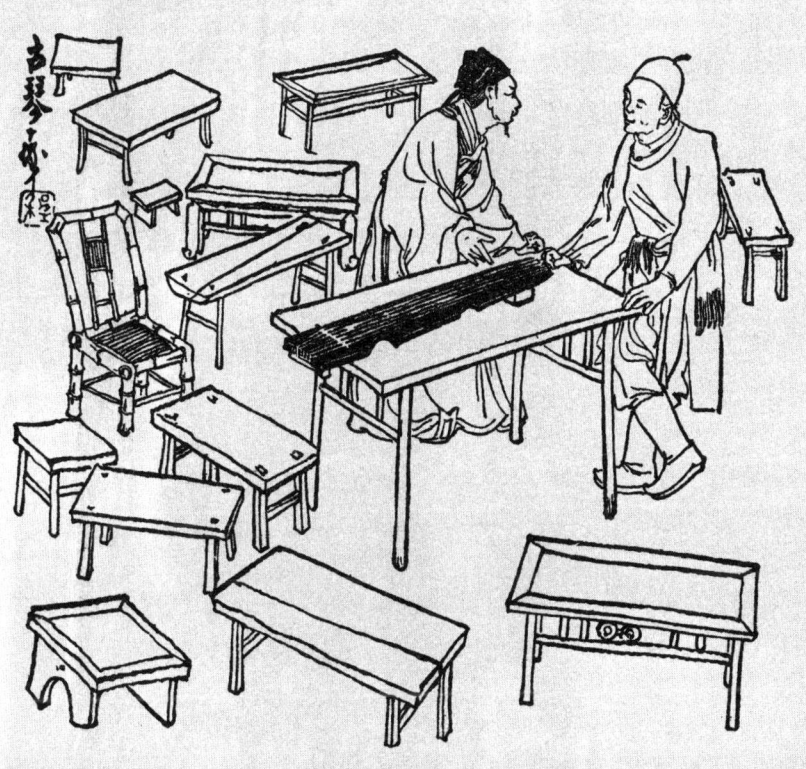

力,所以他每次写字,都要用砖头把凳子垫起来。这样,也非常麻烦。

有一天,他忽然想到了一个好办法。他想:凳子太矮,是因为放在楼下的缘故,假如把它搬到楼上去,不就变高了吗!于是他就请人帮忙,把高桌、矮凳都搬到楼上去。可是坐上去一试,凳子还是像在楼下一样的矮。迂公恨恨地说:"别人都说楼房高,可是,我的矮凳放到楼房上,一点也没有变高。"

《雅谑》

翠 鸟

翠鸟的胆子很小,恐怕人们去捕捉,往往把巢筑在老高的树枝上。但等它们生了蛋,怕蛋会从窝里滑下来被打破,就又造了个比较低一点的新巢,把蛋搬到新巢里来。等到小鸟孵出来了,唧唧地能够讨食吃,它们就更加喜爱小鸟了,唯恐小鸟从巢里跌下来跌死,立刻又做个离地较近的新巢。直到小鸟会学飞了,站在巢边,拍着两翼,想向外飞,翠鸟更加爱它们,也更怕它们会跌死,于是又造个新巢,造在离地更近的地方。这时,就是小孩,也可以很容易地捉到它们了。

《谭概》

猩　猩

　　在南方山谷中,猩猩常常数十成群,在一道生活。它们喜欢喝酒,更喜欢模仿人们的行动。人们知道它们的习性,常常把酒或酒糟放在路边,旁边又放着许多草鞋,用绳索将草鞋连起来。猩猩明知道这是引诱它们去上当,便破口大骂:"哼!还以为我不知道么?我决不上你们的当。"于是就互相招呼,回头就走。但是,它们已经闻到了酒香,总有点恋恋不舍,就是走了,也要回头来望望。回头望不见人,便又转来;转来了又怕上当,再返身回去。直到最后,却又自言自语地说:"去尝尝味,不喝醉

就不妨事。"于是大家都同意了,都回来喝酒。等到喝醉了,一切都忘记了,就穿上草鞋学人行走。结果,当然是跌倒了,被人们捉住了!

《谭概》

墨　鱼

墨鱼有一种特技,碰到有人捉它,它就把八只脚往嘴里一攒,连嘴也藏在肚子下,然后放出一股墨水,遮住自己的身体。不让人们捉住它。

渔人固然看不见墨鱼了,但知道墨鱼一定躲在黑水里,便向黑水中撒下网去,把墨鱼稳稳当当地捉了上来。

《谭概》

千手观音

一个才学会剃头的理发师,第一次正式给人剃头,因为手法不熟练,一来就把主顾的皮肤刮破了。他怕主顾看见出血,要责备他,便用手指将伤口紧紧地摁住。后来,伤口越来越多,他的手指已经不够用了,便叹口气说:"想不到剃头也这么难,看来,没有千手观音那样多的手指,就莫想给别人剃头了!"

其实,最好的理发师,也只靠一双手;至于最坏的理发师,就是有一千只手,也是不够用的。

《笑府》

小字大字

父亲教儿子认字,先用笔在纸上写个"一"字给他认,他马上记住了。

第二天，正好吃完了早餐，父亲又用手指蘸了水，在桌上写了个"一"字给他认，他不认得了。父亲告诉他说："这不是昨夜教的'一'字么，为什么就不认识了？"

儿子诧异了，说："哪知只过了一夜，就长得这么大了！"

《笑府》

看守杨柳

有人种了许多杨柳，恐怕被人拔去，雇了一个孩子去看守。过了十多天，杨柳一株也不少，就问这个孩子："你看守得很好！你是怎么看守的？"

这孩子因为受到称赞，很是得意，便把他的秘密说了出来："我告诉你，我怕杨柳在夜里被人拔去，就每夜把它们都拔起来，藏在我自己家里；第二天早上，我又把杨柳重新种在地里，所以这个方法很保险！"

《笑府》

满　意

　　有人在路上遇到一个神仙，这神仙原来是他的老朋友。一看他生活困难，便把路边的一块砖头一指，变成了金砖，送给他。他还不满意，神仙又把手一指，叫一尊大石狮变成金狮，一并送给他。可是他还嫌太少。
　　神仙问他："怎样你才满意呢？"
　　这人支吾了一阵，说："我想要你的这个手指！"
《笑府》

跌　倒

　　有个懒汉，一不小心，在路上跌了一跤。但他还是不小心，后来又跌了一跤。这一次，他就扑在地上不再爬起来了。他后悔地说："早知如此，上一次就不应该爬起来的！"
《笑府》

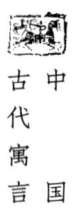

防盗妙法

有个痴子,听见强盗撞进门来,马上写了"此路不通"的纸条,贴在堂上。后来强盗已经闯到堂上,他又写了"各有内外"四字,贴在内室门外。强盗自然不去理会这些,马上又闯进了内室。他看来势很急,便逃进厕所里去,急急掩上厕所门,咳嗽一声,说:"有人在此!"

《一夕话》

半斤对八两

某宰相的孙子,把家私都败光了,连饭也没得吃,常常向别人去借米。有一次,他又借到了一袋米;但背到半路上背不动了,只好在路边歇力。这时,前面走来一个破衣破裤的穷人,他就叫住那个人,讲定了工钱,请他背米。不料走了一段路,那人也气喘吁吁地走不动了。他就埋怨道:"我是宰相的孙子,手不能提,肩不能挑,乃是常事;你是穷人出身,为什么也这样不中用?"

那人也翻翻眼道:"你怎能怪我,我也是尚书的孙子呢!"

《池北偶谈》

我不见了

一个解差(jiè chāi),解一个犯罪的和尚到府城去。动身时唯恐有什么遗忘,便把各样事物,逐个点验一番,而且编成了两句话,叫作"包裹、雨伞、枷,文书、和尚、我。"走在路上,也一直背诵这两句话。

和尚知道他是个呆子,便在宿店里把他灌醉,剃光了他的头,而且将枷戴在他颈上,然后逃走了。

解差迷迷糊糊地醒来了,怕有意外,便照例查点一番。摸摸包裹、雨伞,包裹雨伞是在的,便应了一声:"有!"摸摸颈上的枷,枷也是在的,又应了一声:"有!"

摸摸文书，又应了一声："有！"但和尚却不在，便大吃一惊。后来一摸自己的头，光光的，便又转惊为喜，说："谢天谢地！幸得和尚还在！"可是转眼之间，却又迷惑起来了，问道："那么，我又在哪里呢？"

《笑得好》

蝙　蝠

凤凰是百鸟的领袖。碰到凤凰生日，百鸟都来祝寿，只有蝙蝠没有来。后来，凤凰问蝙蝠："别的鸟都来了，你为什么不来？"

蝙蝠说："我有脚，能走，是兽，不属于你管的，所以我不必来祝寿！"

接着是麒麟的生日。麒麟是兽中的领袖，百兽都来祝寿，蝙蝠仍旧没有去。后来，麒麟也问蝙蝠："别的兽都来了，你为什么不来呢？"

蝙蝠回答说："我有翼，能飞，是鸟，不属于你所管，

所以我没有来祝寿。"

有一次,凤凰和麒麟会了面,说起蝙蝠的事情,大家都叹了一口气,说:"这真是世上最奸猾的了!"

《坚瓠续集》

高帽子

当面捧人叫作戴高帽子。

有个门生出京去做地方官,先到他老师——一个大官那里去告别。这个大官对门生说:"出外做官,很不容易,千万要谨慎小心!"

门生回道:"请老师放心,门生已经预备好高帽子一百顶,每人各送一顶,管叫地方上人人高兴!"

老师发怒道:"我们都是正人君子,怎么可以这样呢?"

门生装作无可奈何的样子说:"天下不喜欢戴高帽子的实在太少了啊!像老师您那样的能有几个呢!"

老师听了很高兴,点点头说:"你讲得也不错!"

这门生出来对朋友说:"我的一百顶高帽子,已经只剩下九十九顶了!"

《笑林新雅》

近视眼

有两个近视眼,不但不肯承认自己的近视,还要夸称自己的眼力。有一天,听说庙里要挂新匾,便相约比一比各人的眼力。甲乙都事先去探听匾上所写的字,以便取胜。到了日期,两人就一早来到庙里。

甲向挂匾处一望,便摇头晃脑地说道:"这不是写着'光明正直'四个大字么!"

乙接着说道:"这有什么稀奇,我还能认出两边的小字。你看,这不是'某年某月''某某人书'么!"

旁边的人哈哈大笑说:"匾还没有挂上,字写在什么地方呀!"

《笑林新雅》

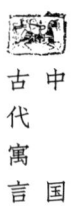

一举两得

有两只老虎在山下争吃一个已死去的人。互相扑击着,咬着。有个叫卞庄子的年轻人,一见这情况,立刻飞奔过去,举起短刀,准备杀掉老虎。他的邻人管与看见了,一把拉住他,说:

"你这样鲁莽干吗?老虎是猛兽,现在两只猛兽在争夺那踏在它们脚底的死人,它们会不顾死活地斗下去的。结果,小的一定会死去,大的也会受伤;那时候,你不费一些气力,就可以用短刀深深刺入大虎的脖子,连小虎一同背了回去。那不是一举两得吗?"

《战国策》

惊弓之鸟

魏国的射手更羸,跟魏王在京台游玩,见一只鸟在天空飞旋。更羸对魏王说：

"我不用发箭，虚发就可以把天空的鸟射下来。"

魏王问：

"你的技术有这样高明吗？"

一会儿，那只大雁飞近了，更羸拉满弓，对准那雁轻轻把弦一碰，大雁立刻落在他们跟前。

魏王赞许地说：

"你射箭的技术真高明呀！"

更羸说：

"这是一只晦气鸟。它叫得那样凄厉，飞得那样倦乏。它负了伤，很长时间找不到伴侣，已经不起一些儿惊吓。我的弦一响，它听到了弦音，就以为自己被射着，从天上掉下来了。"

《战国策》

不死的药

楚国有个国王，想吃长生不死的药，出了布告到处

寻访。

这天,有人送长生不死的药来了,传达官提了那包药就往宫里跑。刚要进宫门,被卫队的一个射手拦住了;这位射箭的小官员也巴望自己长生不死,便伸手夺过传达官手里那包药,问道:

"可以吃吗?"

传达官说:

"当然可以,吃了永远不死哩!"

射手不管三七二十一,就把那包药往嘴里一塞,吃掉了。

国王知道这件事,气得几乎晕过去,连忙喝道:

"快把他推出去斩了!"

射手一点也不害怕,他托另外一个卫官到国王那里去表白一番:

"吃这药,我没有错。我问过传达官,他说可以吃,我才吃的。要有罪,罪名该他承担。

"再说,送来的是长生不死药,我刚刚吃下去,就被国王杀了,可见那是催命送死的药了。大王杀了我这个无罪的人,更说明自己受了那些方士们的欺骗哩。"

国王就把射手放了。

《战国策》

知　心

有匹千里马，年纪已经老了。这天，它拖了一大车盐在大路上慢吞吞走着；驾车的人一心只想快点赶路，狠狠抽着它的背脊。马只得跌跌撞撞向前直闯，全身给汗水淋湿了，像刚从水里爬上来；尾巴蹄子全磨破了，鲜血跟着汗珠滴在地面的尘土里。马喘着粗气，迈两步退一步地走着。刚刚要上山坡，前脚一挫，差点连车翻倒在地。

正好伯乐从山那边过来，望见了那匹可怜的老马，连忙跳下车，扑在马身上痛哭起来，还脱下麻布袍子覆在马身上，从上到下一遍又一遍抚摸着它。马低下脖子，依偎在伯乐的胸膛上，好像向他诉说什么。忽然马把头一仰，伸长脖子高声叫啸起来，它找到知心的人了。

《战国策》

愚蠢的老虎

有只身材庞大的老虎在山洞里饿慌了,就窜下山来找东西吃,第一次找到一只羊,第二次拖去一头猪,第三次……这一来,可惹恼了牲口的主人们,大家想出了一条妙计来对付老虎。

这天晚上,月色朦胧,老虎又下了山。一股股香喷喷的干草味,往它鼻孔里直钻,它知道牛羊都上槽了,贪馋的涎水不断从口里往外淌。它连蹦带跳窜上一条小路,正想往一堆干草的地方窜过去,不好,前爪给什么套上了,动弹不得。老虎情知不妙,可它自以为自己身材大,气力足,就使劲挣呀挣呀,想把前爪从圈套里挣出去,哪知越挣越紧,它的那对前爪给一根又粗又长的绳子勒住了。老虎急得满头大汗,它把牙关一咬,挣断了前爪,一跛一瘸地逃回山洞去了。

它望着鲜血淋漓的前爪,悲哀地想:

"可惜我那对漂亮的爪子,再也不属于我了。"

接着它又想:

"幸喜我丢掉了它们,要不,我这高大的身躯不也会给捆绑了去吗?"

《战国策》

恶 狗

诸子家里养了一条狗,又凶又猛。谁要是骂它一声,它准要龇牙咧嘴地咬你一口。有的人害怕了,远远避开它,它便疯狂地紧紧盯住你乱咬一阵,有时还把你咬得鲜血淋漓。

诸子有个朋友知道了,说自己能够制服那条狗。这天,他到诸子家里来了。一进门,就冲着狗瞪大两眼,摆出一副恶狠狠的脸色,大吼一声:"畜生!"那狗一时摸不着头脑,倒也慌了,伏在地上动也不动,客人对狗大声数落一番,又关照它:"以后不许你再咬人了。"

那以后,狗遇见人就摇摇尾巴,走了开去。

《战国策》

认人不认货

有一个养马的人,牵了匹马到市场上去卖。他在市场上站了三个早晨,都没有人去过问。

他没有办法,只得到伯乐那里去求援,他说:

"我没有别的要求,只请先生到我和马站的地方走一遭。去的时候,瞧瞧我们;走过身边,再回头望望我们就够了,我要重重酬谢先生。"

第二天一早,伯乐果然来了。他走到马身边,眯着眼瞧了一会儿;走过去了,又回转身来把马从上到下打量一番,这才离去。

他离开马不到十步路,就有好些人簇拥过来,团团围住那匹马和它的主人,大家问长问短,就在那个早晨,那匹马的价格比其他马的价格,高了十倍。

《战国策》

自负的鹨(yàn)雀

荒凉的北方原野,躺着望不到边沿的大海,人们管它叫天池。那里有一条叫鲲的大鱼,有几千里那么宽,但没有谁知道它到底有多么长。那里还有只叫鹏的大鸟,背脊像座大山,翅膀一张开,就像能把整个天空都遮住的云块。它冲破昏天黑地的大风暴,在九万里高的天空飞翔,飞翔,飞往南方大海的上空去了。

有只活泼的在地上跳跳蹦蹦的小鹨雀,望望鹏那股劲头,忍不住发笑道:

"它要飞到哪里去呀?咳,那样神气活现;我这不也是整天飞着吗?我一蹦跳,也就有十几尺,不也够瞧的!我每天在这些草秆里兜圈子,不也飞得挺好吗?看它飞到哪里去?"

飞鸟有大小,本领也各有高低,鹨雀是分辨不清的。

《庄子》

混沌开窍

南海的皇帝名叫儵，北海的皇帝名叫忽。他们经常来来往往，很是亲密。

他们一来往就要经过中央那个皇帝的领地；那皇帝名叫混沌，他对儵和忽很好，任他们在他跟前来往，从不干涉。

这天儵和忽又碰在一起了，谈起混沌，实在感激，想要好好报答一番。商量了半天，忽然想出个聪明办法，决定给混沌的头上凿七个孔，这样，混沌也就和大家一样有眼、耳、鼻、嘴，可以瞧瞧、听听、闻闻、吃吃了。

不管混沌同意不同意，他们一个拿柄大凿，一个抡起铁锤，叮叮当当，每天给他开起窍来。工作进行得很顺利，每天在他头上开一个窍，可第七天，混沌被敲得七孔流血，死去了。

《庄子》

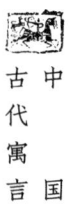

取蝉的老人

　　孔子到楚国去，路过一座树林，见有一个驼背老人用一根尖头竹竿在挑树上的蝉。他的竹竿往树叶茂密的树干上轻轻一碰，一只蝉就给挑住了，就像从地上拾东西那样方便，没有一次落空过。

　　孔子好奇地问他：

　　"你的手法这样巧，大概有什么经验吧？"

　　老人说：

　　"哪里谈得上什么经验，不过专心一致地干就是了。

　　"每年五六月间，新蝉刚刚贴住树干的时候，我就动手去捉它们。最初我一竿只能穿两只蝉，让它们叠在我的竿头上。以后我就不断地去挑呀顶呀；那时十次中总要失手二三次。往后日子久了，我的竿头能够穿三个蝉，十次中只有一次失手的情况了。可我并不满足，我更加小心翼翼地去训练眼力和手法。最后，我居然能够不偏不斜一竿挑住五个蝉，它们也从不掉下来了。每天，我要取多少，就有多少，就像从地上拾取我失落的东西一样。

　　"我在树林里，简直变成一棵树了，我的身子像老树的弯曲的树根，我的手臂是树上的枝干。我稳稳重重站在那里，眼睛瞧，手臂挑，什么也不想，什么也不问；管它天地多么宽广，事物多么繁杂，我只想到一件事，那就是蝉，蝉！我坚定不移要获得蝉，再大的事情也转移不了我的意志。这样，我挑起蝉来，当然万无一失了！"

《庄子》

只会攀援的猴子

有一种猴子，在枏梓和豫章那些又粗又直的树木间攀援的时候，从这树挂到那树，威风凛凛，俨然像君王那么尊严，后羿也好，逢蒙也好，谁敢小看它们。

一旦它们被驱赶到那些多刺的柘树和枳树林里，可就变了一副模样了：斜着眼，战战兢兢爬着，又慌张，又凄凉。

看着这情景，人们怎能想得起它们就是早几天的那群洋洋得意的猴子呢？

《庄子》

奇怪的鸟

这天,庄周到雕陵栗园去游玩,信步走来,不觉已跨过篱笆进到园子里面,只见栗林深处,飞出一只奇异的鸟来。它翅膀有七尺宽,眼珠有酒杯那么大,在庄周的额上重重碰了一下,又飞回栗林去了。庄周大吃一惊,说:

"这是什么怪物呀?翅膀那么大,飞不远;眼睛那么大,看不见,到底是什么怪物呢?"

他把长袍一牵,跨个箭步,拿把弹弓躲在树荫底下,等候那怪鸟再出来。

这时候,一只蝉正躲在密密的枝叶中间"吱吱"叫着,没想到已被螳螂发现了,它伸出长臂抓住了蝉,正张开嘴要咬蝉,没有想到它又被那只奇异的鸟发现了,怪鸟只一啄,就把螳螂连同蝉一道吞掉了。

庄周把弹弓丢在地上,长叹一声说:

"螳螂见利起心,谁知倒连累了自己!这才是相互利诱,相互危害。"

庄周低着头走出园去,园丁见了,以为他是偷栗子的，狠狠骂了他一顿。

《庄子》

为什么赶不上

赵襄王跟王子期学驾车，刚把车子赶到平原上，没有让马跑几步，就加快鞭子和王子期追逐起来。但他远远落在王子期后面，怎么也赶不上；这可把襄王气坏了，他把王子期叫到跟前，气呼呼地说：

"看来，你并没有把驾好马车的技术教给我！"

王子期说：

"驾车的方法，我全部都教给大王了，只是您使得过分了。我们驾车的有个规矩，首先要照顾马的具体情况，和它合作好。车子套上马身时，宽紧要合适，让马感到舒服，马才跑得快，跑得远。驾车的人要沉得住气，才驾得好车子。现在大王的车子落后了，心里就着急，使劲鞭打马；跑到我前面，又担心我要赶过你，还不顾马的死活，

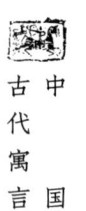

想再赶到前面去。心情这样紧张,怎能驾得好车马呢?两人比赛,总有个先后,大王一心只想争先,不顾马,所以赶不上了。"

《韩非子》

贪心的国王

仇由是个山区小国,只有几条弯弯曲曲的小路和外面来往,交通很不方便。它的邻国智伯却准备了大队人马要去侵略它。于是,智伯国王铸了口大钟(钟的直径比仇由国的小路宽几倍)送给仇由国王,通知他准备迎接。

仇由国王高兴极了,马上下命令砍树修路,要把路修得又宽又平,好让智伯国王送的大钟浩浩荡荡运进他的国境。

仇由国有个聪明的人,名叫赤章蔓枝。他知道这件事情以后,马上跑去见国王,对他说:

"这路万万修不得!我们这个小国家,就因为道路狭窄，交通不便，那些大国没法来侵扰我们。现在智伯国送钟的事小，想侵吞我们的国家，倒是他们的大阴谋。"

国王却哈哈大笑起来：

"真是少见多怪！我们这样的小国家，不费一个大钱，得到那么大一口钟，还是小事情？人家智伯国王看得起我们，要和我们建立亲密的邦交，才送给我们那口大钟，怎能说得上是什么阴谋？"

赤章蔓枝说：

"国王有所不知，那智伯国王是个阴谋家，他在等待大王修宽道路，把大钟运进来，他的兵马就跟在大钟后面一道进来了。这口钟是万万接受不得的。"

仇由国王却不由分说，叫人把赤章蔓枝推出去，就悬灯结彩吹吹打打，把大钟接了进来。

赤章蔓枝气愤地把自己的车子毁了，骑上马匹到齐国去了。

没有多久，仇由国果然被智伯国灭掉了。

《韩非子》

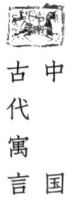

市 虎

魏国和赵国作战,魏国打败了。

魏国的公子和大臣庞恭,都要被押送到赵国的首都邯郸去。庞恭到魏王那里告别,他问魏王:

"现在有一个人说街上出现了老虎,大王相信吗?"

魏王说:

"当然不相信,街上哪里来的老虎呢?"

"如果两个人都说街上有老虎,大王相信吗?"庞恭又问。

魏王仍然表示不相信。

庞恭再问:

"那么,三个人都对大王说老虎上街了,大王信不信呢?"

魏王连连点头说:

"要是有三个人都告诉我街上来老虎了,我当然相信的。"

庞恭说:

"很明显,街上是没有老虎的,但有三个人异口同声这么说,这句话本身就变成老虎可以乱咬人了。现在邯郸离魏国比街市远得多,背后在大王跟前说臣坏话的,何止三人呢?希望大王能够判断是非。"

庞恭还没有动身,议论的人都来了,纷纷向魏王造谣说庞恭的坏话,魏王果然相信了他们。后来庞恭从邯郸回来,魏王再也不接见他了。

《韩非子》

"高举明烛"

有个郑人要给燕国丞相写封信,谈谈国家大事。他想了一天,总算把腹稿打好了,晚上,就动笔写起来。他想了又写,写了又想,想得正出神,烛光忽然暗下来。郑人含含糊糊地叫持烛的佣人"高举手中之烛";嘴里念着,手里也就跟着写下"高举手中之烛"。

信到了燕相手里,可把他弄迷糊了。他把那句话左看右看,就是看不懂是什么意思;后来,他自以为猜着

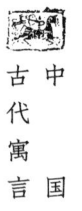

了。他对自己说：

"哦，原来是这个意思，难为他想得周到：'高举明烛'就是建议朝廷要'崇尚光明'，'崇尚光明'就是要国王多多任用才学品德好的人，真是好极了！"

丞相把郑人的来信大意说给燕王听，燕王也着实称赞一番，并且命令丞相多多邀请一些品德才学都好的人来朝廷管理国家大事。

这一来，国家居然兴盛起来了。

燕国的政治经济各方面都好转了，只能说是由于广泛征用人才的结果，怎能说由于郑人那封信呢？

《韩非子》

到底该怨谁

齐国一个富人姓国，宋国一个穷人姓向。姓向的到齐国，拜访那位姓国的，向他请教富足的方法。

那位齐国人告诉他：

"我原来也是很贫穷的,现在日子过得好了,只因为我会偷、抢罢了。我每天辛辛苦苦,偷呀抢呀,第一年,生活就够维持了;第二年,我已经吃不完穿不完了,第三年,我家里真个是粟满囤,谷满仓。"

宋国人只听见他满口偷呀抢呀,没有听懂他是怎样偷抢的,就兴冲冲回到自己家里,准备动手偷抢起来。天一黑,他偷偷摸摸溜到外面去,到东家挖洞,到西家翻墙。只要眼睛看到,手碰到的,一齐偷回家去。日子一久,家道居然也富足起来了。他正洋洋得意,捕盗的官员来到他家里,连人带赃抓进衙门,判了罪。家里原来的破旧东西,也给全部没收了。

这位偷窃的人刚刚从监牢里出来,就跑到齐国找到姓国的富人,埋怨了他一顿,姓国的连忙问:

"你干得怎样了?"

姓向的把经过告诉了他,还唉声叹气地说:

"我比以前更穷了。"

富人大吃一惊,又十分惋惜地说:

"你怎会弄到这个地步呢?想不到你把我的意思全给误会了。我是怎样偷抢的呢?我抢天的季节,偷地的资源。茂密的山林,广阔的原野,阳光云雾,风风雨雨,都是我抢夺的对象。我接近它们，和它们交朋友，依靠它们。我种植庄稼，建筑房屋。我在陆地上捕捉飞禽走兽，向江河索取鱼虾。这些东西，原来都不属于我，我都从自然界把它们偷了来，抢了来，我光明正大，并不犯罪呀！至于那些私人的衣物粮食，都是人们用自己的劳动取得的，只能属于他们自己。你恰好去偷窃这些东西，犯了法，判了罪。到底该埋怨谁呢？"

《列子》

九方皋（gāo）相马

秦穆公对伯乐说：

"你年纪大了，应该休息了，你家里有没有接替你这工作的人呢？"

伯乐说：

"一般的好马，可以从外形来鉴别；但最优异的好马，就不能凭外貌去评定了。它们又像存在，又像不存在，一时出现,一时又不见了,变化是那样快,你简直捉摸不定。我的子子孙孙,都是些平庸的人,他们只能告诉大王哪些是一般的好马,但他们不会发现那最优异的好马。

"九方皋是我的老朋友,看马的才能远远超过我,我想把他介绍给大王,希望能够接见他。"

穆公接见了九方皋,派他去找那天下最优异的好马。三个月过去了,九方皋回来说:

"好马找到了。"

秦穆公急忙问他:

"在什么地方?是怎样的马?"

九方皋说:

"在沙丘。是匹黄色的公马。"

但和九方皋一道去看马的人却说:

"那是一匹黑色的母马。"

秦穆公把伯乐叫来,责备他说:

"糟透了,你怎么介绍这样一个呆子来看马?连黄、黑、雌、雄都分辨不清,怎能找到那最优异的好马呢?"

伯乐长长叹了口气,连连摇头说:

"果真是这样的吗?大王,这正是九方皋的能力胜过我千万倍的地方呀!他看马,只看马的风骨品格,忘了马

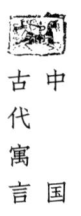

的表面；只看他要看的，不看他不要看的，所以他才看见所要看的，丢了他不要看的；九方皋看马的水平，是多么高明啊！"

后来，那匹马带来了，果然是匹世上最优异的马。

《列子》

刻凤凰

公输是一个雕刻名手，他在刻一只凤凰。

慕名前来欣赏他的雕刻艺术的人们，几乎把他的屋子都挤满。大家屏气凝神，目不转睛地盯住他那双灵活的手，巴望着凤凰在眼前出现。

凤凰的头顶刚刚显露，脚爪还未伸出，彩色的羽毛还没有雕出来，人们就纷纷议论起来：

"你看那身子，哪里像凤凰，就和老鹰差不多。"

"哎呀，那也算凤凰的头么？你说它是野鸭，我也相信的。"

大家取笑一阵，一哄散去了。

凤凰在公输手里诞生了。像美丽的云朵高耸着的，是它的头顶；红艳艳的脚爪闪电一般在树枝上放射光芒；它沐着朝阳，披着彩霞，伸展着翠色的双翼，像要绕着屋柱飞翔；人们还仿佛听见凤凰的翅膀在轻轻地拍击哩。

大家又聚拢来，围着公输，说着各种各样赞美的话。

《刘子》

路边打井

一个好心人，见行路的人常常找不到水喝，渴得难受，便在路边打了一口水井，好让大家喝水解渴。但因为水井紧靠路边，又没有围好栅栏，经常发生有人掉下井的事故。

打井的好心人，得到的却是责备和埋怨。

《申蒙子》

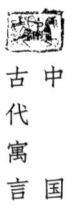

对牛弹琴

公明仪喜欢弹琴,遇到好天气还喜欢把琴带到野外去弹奏。这天,他来到长堤上,春风吹拂着垂柳,一条黄牛在柳荫下吃草。公明仪兴致来了,摆下琴,想给牛弹一支曲子解解闷。他看那牛一声不吭地低头吃草,好像有点愁闷,他就弹起那音调沉郁的"清角"曲来。

谁知那牛仍旧一个劲儿低头吃草,连眼睫毛都不眨一眨。公明仪倒抽一口冷气,扭转弦柱,调过音,在琴弦上拨出像蚊子成群扑来的嗡嗡声,还夹杂几声小犊寻伴的嘶鸣声。说也奇怪,那牛竟耸起耳朵,甩着尾巴,迈着小步,倾听起来。

《牟子》

两双眼睛

从前,有两个仆人背地里评论他们的主人。

一个说:

"他长得美极了。"

另一个说:

"哎,他长得多么难看!"

两人争论了半天,没有结果。最后,两人都说:"还是去听听别人的意见吧,别人的眼光可能正确些。"

每个人都有不同的外表,也都有不同的眼光;不同的眼光看不同的外表,结论当然不会一致。

《万机论》

蒙虎皮的羊

一只山羊拾到一张虎皮,把它当宝贝收藏起来。

冬天来了,羊感到寒气势不可挡,拖出虎皮往身上一披,全身就热乎了。羊整天乐滋滋地在山岗上跑来跑去。一看见猎人遗失在路边的野兽皮,就想拖回洞里去;要是碰上了豺狼,它又吓得直发抖,急急忙忙逃回山洞。

羊没有忘记自己还是一只羊。

《杨子法言》

一点不假

一个农民在池塘里养了许多鱼,翠鸟常到池边来捉鱼吃。农民无计可施,便做了一个稻草人,让稻草人穿上破蓑衣,戴上破斗笠,插在池塘边。他以为这么一来,翠鸟就不敢来吃鱼了。

翠鸟对于稻草人,确乎有点怕,不敢飞到它身边去,只是远远站着,仔细地看它。过了一会儿,它看看稻草人还是一动不动,就逐渐胆大了,不但敢在稻草人身前散步,捉鱼吃,而且还敢停在稻草人的肩上,头上,一面跳

跃,一面得意地歌唱:

"假的!假的!假的!"

农民看了,很是生气,却也想出个办法来。他把稻草人拆下,自己穿上稻草人的破衣,戴上稻草人的破斗笠,静静地站在池塘边。翠鸟还以为仍是稻草人,吃饱了鱼以后,照例飞上去歌唱:

"假的!假的……"

农民一把捉住了翠鸟,高兴地说:

"这回倒是一点不假,却是真的!"

《广笑府》

啰唆

有个非常细心的人,唯恐别人不能理会他的意思,写起信来,总是重重复复,啰啰唆唆。有位朋友写信劝他说:

"你的信写得很周到,这倒是好的;只是那些先后重

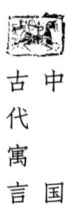

复啰唆的句子,应该省去一些!"

这人立刻写了封回信说:

"你的批评,我完全接受!我对你的好意,万分感激!从此以后,我不再写这样啰唆的信了。"但他一看,他写的那个"万"字是草体字,马上提笔加了一个注解说:

"我这里写的方字上缺少一点的'万'字,是草体字,我本来想写草字头正楷的'萬'字,因为时间匆促,来不及书写那个草字头的正楷的'萬'字,所以就写了这个方字上缺一点的'万'字。草草不恭,请你原谅!"

《嘻谈录》

铁杵磨针

唐代大诗人李白,很小的时候就读那些经、史之类的书。那些书太深奥了,他不喜欢读,经常逃学。

有一次,他又从书房里逃出来了,他跑到大路边去玩,看见一个老婆婆坐在一张矮凳上,对准磨刀石,一心

一意磨一根铁棒槌。李白暗暗吃惊,过去问她:

"老婆婆,你这是干什么?"

"磨针。"老婆婆说。

"磨针?"李白原是一个聪明孩子,但他弄不明白铁棒怎能磨针,就问:

"老婆婆,这么大的铁棒怎能磨成一根针呢?"

老婆婆望望李白说:

"小孩,你连这也不明白么?铁棒大,我天天磨呀!天天磨,天天磨,还怕它不变成针?"

李白想:

"不错,做事,只要有恒心,天天做,什么都能做得好的。读书,不也一样么?不懂的书,天天读,总也会把它们读懂的。"

他拨脚转身,再回到书房里,把那些读不懂的书本打开来。

《潜确居类书》

图书在版编目（CIP）数据

中国古代寓言 / 魏金枝编写；程十髪绘图. —上海：少年儿童出版社，2024
ISBN 978-7-5589-1913-8

Ⅰ.①中… Ⅱ.①魏… ②程… Ⅲ.①寓言－作品集－中国－古代 Ⅳ.①I276.4

中国国家版本馆CIP数据核字（2024）第063906号

中国古代寓言

魏金枝 编写

程十髪 绘图
施喆菁 装帧

责任编辑 庞　冬　美术编辑 施喆菁
责任校对 黄亚承　技术编辑 许　辉

出版发行 上海少年儿童出版社有限公司
地址 上海市闵行区号景路159弄B座5-6层　邮编 201101
印刷 上海景条印刷有限公司
开本 720×980　1/16　印张 14.5　字数 116千字
2024年8月第1版　2024年8月第1次印刷
ISBN 978-7-5589-1913-8 / I·5220
定价 35.00元

版权所有　侵权必究